**Magda Woitzuck**

# Ellis

Magda Woitzuck

# Ellis

## Trilogie

Literaturedition Niederösterreich

Die LITERATUREDITION NIEDERÖSTERREICH
wird von der Abteilung Kunst und Kultur des Amtes
der NÖ Landesregierung herausgegeben.

Planung und Projektbetreuung: Mag. Gabriele Ecker
Layout und Satz: Ekke Wolf, typic.at
Umschlaggestaltung: Ekke Wolf
unter Verwendung einer Zeichnung von Johannes Rys
Gesamtherstellung: Druckerei Hans Jentzsch & Co GmbH, 1210 Wien

Die von der Autorin gewählte Rechtschreibung wurde beibehalten.
Gedruckt auf GardaPat 13 Kiara (GARDA Cartiere ) 115 g



ISBN 978-3-902717-15-3

KULTUR
NIEDERÖSTERREICH

# HOLLYWOOD

Simon schlug den Jackenkragen hoch, als er aus der Wohnung trat. Es war kühl geworden. Er zog die Tür hinter sich zu, die Katze maunzte protestierend, steckte den Kopf aus dem Spalt. Er trat nach ihr und sie verschwand stumm ins Innere, die Tür fiel ins Schloss. Simon versperrte sie zwei Mal. Die Katze war ein Überbleibsel seiner letzten Freundin. Vor drei Wochen war er nach Hause gekommen und hatte den Inhalt aller Kästen auf dem Boden verstreut gefunden. Dass es kein Einbruch gewesen war, wurde ihm erst klar, als er ins Bad kam und ihm die Regale, die Tracy gleich bei ihrem Einzug für sich beansprucht hatte, mit gähnender Leere entgegenstarrten. Er war nicht zum ersten Mal in seinem Leben verlassen worden, aber dieses Mal fühlte es sich anders an. Er gab der Katze die Schuld daran.

Simon stieg in den dunkelblauen Saab, drehte den Zündschlüssel, schaltete die Heizung ein und rieb sich die Hände, bevor er losfuhr.

Die Straßen hier waren niemals leer, aber wegen ihrer Breite wirkten sie so. Es war eines der Dinge gewesen, die Simon erst spät über Los Angeles gelernt hatte: Diese Stadt machte immer nur den Anschein, etwas Großes zu sein. In Wirklichkeit war sie wie jede andere Stadt auch, nur vielleicht etwas trauriger und reicher an zerbrochenen Träumen.

Der Parkplatz der Aufsichtsstation war leer bis auf einen roten Volvo. Er hatte eine eingebeulte Stoßstange und der Motor lief. Darin saß eine Blondine. Sie beobachtete Simon, als er aus dem Wagen stieg und zur Tür ging. Er fummelte seinen Schlüssel aus der Hosentasche. Simon sah ein letztes Mal zu ihr hin, aber sie blickte gerade auf die Uhr an ihrem Handgelenk.

Jimmy hob den Kopf, als er den Schlüssel im Schloss hörte.

Die leuchtend rote Digitalanzeige über den Monitoren zeigte die Uhrzeit an: 23:52

»Du bist früh dran«, sagte Jimmy, ohne sich nach Simon umzudrehen. Er schlug das Manuskript zu, in dem er gelesen hatte. Über und neben der Tastatur verteilt waren rosarote Karteikarten, die er nun anfing, zusammen zu schieben.

»Deine Mitfahrgelegenheit auch«, antwortete Simon und stellte die Tasche neben der Tür ab. Er setzte sich auf den freien Drehstuhl. »Wie geht's?«

»Gut«, antwortete Jimmy, »Diesmal wird es was.«

Das war noch etwas, das Simon gelernt hatte. Los Angeles war die Diesmal-wird-es-was-Stadt. In den eineinhalb Jahren, in denen Jimmy hier arbeitete, war er auf unzähligen Castings gewesen. Einmal hatte er den Wasserträger in einem Football-Film gespielt, der es nicht in die Kinos geschafft hatte, ein anderes Mal war sein Part nach dem Dreh aus dem Film geschnitten worden.

»Worauf bereitest du dich vor?«

»Vierter Teil ›Bourne-Identity‹. Die Rolle ist nicht groß, aber sie ist wichtig«, antwortete Jimmy. Er blickte auf. »Ich will nicht ewig hier sitzen und das Zeichen anglotzen.« Dann lachte er, als wäre ihm etwas unangenehm. »Entschuldigung, Simon«, sagte er, »Du weißt, wie ich das meine.«

Simon wusste, wie Jimmy das meinte. Er hatte es auch einmal so gemeint, vor zwölf Jahren, als er hier angefangen hatte. Jimmy stand auf.

»Die Kleine ist heiß, was?«, sagte er. Einen Moment lang wusste Simon nicht, wovon der junge Schauspieler sprach, dann fiel ihm die Blondine auf dem Parkplatz wieder ein. Jimmy schulterte den Rucksack.

»Ich werde sie nicht länger warten lassen, okay?«

»Zisch ab.« Simon lächelte und drehte sich zu den Monitoren. Jimmy verließ den Raum, kurz darauf vernahm Simon das gedämpfte Schlagen einer Autotür. Erst nach Minuten hörte er die beiden vom Parkplatz fahren. Er lehnte sich zurück, betrachtete die Monitore. Die weißen, mächtigen Buchstaben, die aus den Hügeln wuchsen, als wären sie Bäume. Man hatte sie gerade erst renoviert, sie sahen klasse aus, ganz weiß und rein. Er drückte ein paar Knöpfe, ein neues Bild erschien auf den Schirmen: Die Buchstaben von hinten, Gerüst und verschalte Kabel. Der Lichtteppich dahinter war Los Angeles.

Die Mädchen hatten Simon gut gefunden, zumindest hatte er diesen Eindruck gewonnen. Vor allem, als er mit dem Rodeo angefangen hatte. Er war gut gebaut gewesen, hoch gewachsen, breite Schultern, große Hände. Die Nase war nach einem Sturz schief geblieben, allerdings verlieh ihm das etwas Verwegenes, was ihn noch attraktiver gemacht hatte. Er war mit zweiundzwanzig nach Kalifornien gekommen, trotz der Widersprüche von Seiten der Familie, vor allem des Vaters. Der hatte fest damit gerechnet, dass Simon die Farm eines Tages übernahm. Der Vater war ein harter, unnachgiebiger, dummer Mann gewesen. Er hatte mit seinen Händen genauso zugeschlagen wie mit seinen Worten: »Du brauchst eine Taschenlampe, um im Dunklen deinen Arsch zu finden«, hatte er gesagt, »was will jemand wie du beim Film?« Neben dem Vater hatte es noch andere Gründe gegeben, die Heimat zu verlassen. Simon hatte die Tiere satt gehabt, die Menschen und die Arbeit in dieser leeren Landschaft, die nur dem Lauf der Jahreszeiten unterworfen war. Gründe, die ihm rückblickend betrachtet leer erschienen. Er hatte einfach mehr gewollt ohne genau zu wissen, was dieses *mehr* eigentlich sein sollte. Das war ihm erst Jahre später aufgegangen, eines Nachts auf der Party eines Fremden irgendwo in Malibu – er hatte betrunken auf der Terrasse in einer Liege gelegen, mit einem halb bewusstlosen Mädchen auf dem Schoß, das nicht einmal mitbekam als er versuchte, ihr seinen Schwanz hineinzustecken – erst da hatte er sich wieder an die Pferde erinnert. An das Gefühl, das ihn überkommen hatte, wenn er eine dieser starken Kreaturen niedergerungen und gebrochen hatte. Das war ein fairer Kampf gewesen, einer, der dicht am Leben dran war. Viel dichter jedenfalls als diese Plastikwelt, von der er dort auf der Terrasse plötzlich nicht mehr gewusst hatte, was ihm daran so anziehend vorgekommen war.

Als ihm das klar geworden war, hatte er das Mädchen angeekelt von sich gestoßen. Sie war zur Seite gekippt und mit dem Kopf auf dem Boden aufgeschlagen. Erst nachdem er es endlich geschafft hatte, sich die Hose zuzumachen, bemerkte er das Blut. Es hatte sich in den Fugen der Fliesen neben ihrem Kopf gesammelt. Obwohl das Mädchen sich bewegt und zu sprechen versucht hatte, war Simon einfach gegangen und hatte sie dort liegen gelassen.

Aus irgendeinem Grund hatte das mit Simon und den Mädchen nie gut funktioniert.

Simon rollte mit dem Stuhl zu seiner Tasche, nahm sie auf den Schoß, rollte weiter zur Küchentür. Jimmy hatte Kaffee aufgesetzt, dafür seine Tasse nicht abgewaschen. Simon hatte nichts gegen Jimmy. Etwas an ihm erinnerte an James Dean, das Gesicht vielleicht oder die Art, wie er die Haare trug oder einfach nur die Patina des Scheiterns, die ihn umgab. Jimmy war sich dessen nicht bewusst und das war vermutlich sein größtes Kapital.

Simon war seit siebzehn Jahren in L.A., seit zwölf Jahren wachte er im Schichtdienst über den Schriftzug. In den fünf Jahren davor hatte er versucht, Arbeit beim Film zu finden. Es war ihm egal gewesen, was für eine Art von Arbeit das war – Hauptsache, er fand sich wieder auf einem Set. Aber abseits von spärlichen Gelegenheitsjobs beim Kulissenbau waren es wieder die Tiere gewesen, um die er sich gekümmert hatte. Sie hatten ihn bis in die Stadt verfolgt: Er ritt die Pferde vor dem Dreh warm, er sattelte sie, er striegelte sie, er lackierte ihre Hufe und fütterte sie. Das Problem daran war, dass die Produktionen immer nur über einige Monate gingen. Was man verdiente, musste oft über lange Strecken reichen.

Als er mit der Miete vier Monate drüber gewesen war, war die Vermieterin unruhig geworden. »Ich will mein Geld, Cowboy«, hatte sie jedes Mal gerufen, wenn sie ihn sah, laut und deutlich, für jede Partei im Haus vernehmbar. Simon McDougall aus Montana, Mr. Rinderzüchter, Mr. Rodeo, Mr. Ich-will-zum-Film war zahlungsunfähig. Da hatte Simon angefangen, die Zeitungen nach Arbeit zu durchsuchen. Und dann hatte er es gefunden: *Wächter gesucht. Schichtdienst.* Klang gut, klang so, als könnte man sich daneben nach Jobs umsehen. Deshalb hatte er sich beworben. Genommen wurde er, weil er ein Cowboy aus Montana war. Aus irgendeinem Grund glaubten die Leute, man sei ehrlich, bescheiden und verlässlich, wenn man vom Land kam.

Ein Mann namens Robert, er war vor drei Jahren an Hodenkrebs gestorben, hatte ihn in den Job eingewiesen. Drei Schichten hatten sie gemeinsam gemacht, bevor Simon die Arbeit selbstständig übernahm.

»Kannst du reiten?«, war Roberts erste Frage gewesen, und Simon hatte gelächelt und »Klar« geantwortet, »Klar kann ich reiten.«

Simon war sich sicher gewesen, dass die Arbeit eine Übergangslösung sein würde. Genauso wie sich Anna, Maskenbildnerin aus New York, Jimmy, der Schauspieler aus Wisconsin und der Neue, Dennis oder Desmond – der wollte Cutter werden, das war alles, was Simon von ihm wusste – sicher waren, dass es auch für sie nicht mehr als eine notwendige Zwischenlösung sein würde.

Nur Hank, einst angehender Regisseur, hatte mittlerweile

verstanden, dass es das jetzt, nach zehn Jahren Wächterdasein, wohl war. Dass es an der Zeit war, die Träume ad acta zu legen. Seine Frau hatte Hank vor einigen Monaten einen Sohn geboren, einen besseren Grund gab es nicht, um sich endlich dem wirklichen Leben zu widmen. Die anderen waren zu jung und zu kurz dabei. Keiner von ihnen über dreißig, da fühlte sich das Leben noch so an, als läge alles in einer Zukunft, die man selber bestimmen konnte. Simon wusste genau, wie schwer es war, sich an einem Ort wie L. A. von dem Gedanken zu trennen, dass Glanz und Glamour nicht auch für einen selbst reserviert waren. Dass man einfach nicht gut genug für das Filmbusiness war, aufgeben musste. Oder zumindest in der Realität aufwachen.

Simon stand auf, holte eine Tasse aus dem Schrank über dem Herd und füllte sie zur Hälfte mit Kaffee. Er betrachtete zögerlich seine Tasche. Dann griff er danach und zog entschlossen den Zipp auf. »Scheiß drauf«, sagte er leise und fing an, zu wühlen.

Der goldfarbene Verschluss knackte beim Öffnen. Erst als der Falschenhals beinahe waagrecht über der Tasse hing, hielt er inne. Er dachte nach. Worüber Simon nachdachte, waren alle Für und Wider, was das Trinken an diesem speziellen Arbeitsplatz betraf. Er tat es nicht zum ersten Mal und er kannte sich. Er wusste, was er früher oder später machen würde. Simon stellte die Scotchflasche zurück auf die Anrichte. Der Geruch strömte ihm in die Nase, vermischt mit dem herben Aroma des erkalteten, zu starken Kaffees. Schnell schraubte er die Flasche zu, legte sie wieder in die Tasche, nahm die Tasse und ging zurück in den Monitorraum, den Sessel an der Lehne hinter sich herziehend. Die kleinen Räder des Sessels machten ein ratterndes Geräusch auf dem Laminatboden. Er gab sich zehn Minuten, bevor er den Kaffee um einige Prozente anreichern würde. Sein Blick fiel auf die Monitore. Da war das H, die drei Os, die beiden Ls, das Y, das W und das D, alles vertraute Freunde. Simon kannte jede ihrer Ecken und Kanten, er kannte sie von vorne und von hinten, wenn sie einen schlechten Tag hatten oder einen guten. Er kannte ihren Blickwinkel: Über eine Stadt voller Träumer hinweg.

Sie hatten die Stute in einem Trailer gebracht. Obwohl sie darin verschnürt gewesen war wie ein Postpaket, hatte sie es geschafft, die meisten der Seile durchzureißen. Sie hatten den Anhänger in die Schleuse gefahren und je ein Mann links und rechts die Klappe herunter gelassen. Simon war vorne am Anhänger in dem kleinen Türchen gestanden und hatte versucht, die letzten Stricke mit einem Jagdmesser zu durchtrennen, aber das war nicht nötig gewesen. Sobald das Tier das Tageslicht hinter sich wahrgenommen hatte, war es in dem beengten Raum förmlich explodiert. Das Schlagen der Hufe gegen die metallenen Wände des Anhängers hatte wie Gewehrfeuer geklungen. Sie war gleichzeitig mit allen vieren nach hinten aus dem Trailer gesprungen und hatte dabei die letzten Stricke zerrissen. Als sie an der Sonne gewesen war, hatte Simon sie zum ersten Mal betrachten können. Sie hatte mies ausgesehen, zur gleichen Zeit am Ende und so, als hätte sie gerade erst angefangen. Das Halfter, am Kinn durchgerissen, hatte nur noch an einem Ohr gehangen. Die Nüstern waren weit offen gewesen, ihre Flanken hatten sich hektisch im raschen Takt des stoßweise kommenden Atems gehoben. Dort, wo die Seile im Anhänger ihr Fell berührt hatten, war durch die Reibung Schaum entstanden, der sich durch das Blut rosarot verfärbt hatte. Irgendwo hatte sie, abgesehen von den Reibungswunden, eine zusätzliche, tiefere Verletzung, denn das Weiß der linken, hinteren Fessel war rot und Blut war schnell über die Härchen an ihrem Huf in den hellen Sand getropft. Sie war von einem so unglaublichen Schwarz, dass es für Simon und die Männer unmöglich gewesen war zu unterscheiden, was Blut war und was Schweiß. Für den

Bruchteil einer Sekunde war sie still gestanden wie eine Statue, den Kopf erhoben, und hatte die vier Männer hinter dem Zaun angestarrt. Dann hatte sie sich mit allen vier Füßen zugleich vom Boden weg bewegt – als wolle sie fliegen, hatte Simon gedacht, ein pechschwarzes Pferd mit einer einzigen weißen, nun blutrot gefärbten Fessel. In der Luft hatte sie die wildesten Verrenkungen vollführt. Minutenlang war sie im Roundpen herumgetobt, auf der verzweifelten Suche nach einem Ausweg. Als sie schließlich begriff, dass die Umzäunung zum Überspringen zu hoch war, hatte sie angefangen, sich dagegen zu werfen.

Simon hatte einem der Männer anerkennend auf die Schulter geklopft. »Wo habt ihr die her?«

»Wir dachten, du solltest mal eine echte Herausforderung haben«, hatte der geantwortet, der am weitesten links gestanden war und dabei jedem eine Zigarette angeboten.

»Deshalb bleibt es ein Geheimnis, wo wir das Mädchen gefunden haben.«

Das Feuerzeug hatte die Runde gemacht, die Männer hatten geraucht und das Pferd bei seinen Fluchtversuchen betrachtet. Simon erkannte ein Rodeopferd, wenn er eines sah.

»Ihr hättet sie runter nach Cody bringen sollen und dort verkaufen. Das ist Material für die Staatsmeisterschaft«, hatte Simon gesagt.

»Sie hat schon einen Anhänger ruiniert und George zwei Finger gebrochen. Nie und nimmer hätten wir sie die dreihundertfünzig Meilen da runter gebracht.« George hatte zur Bestätigung seine Hand gehoben. Zwei seiner Finger waren eingegipst gewesen. Er hatte in Simons Richtung gegrinst und die Männer hatten angefangen zu lachen.

Nachdem sie gefahren waren, war Simon noch lange an der Umzäunung gestanden und hatte sie betrachtet. Sie musste eine von den Mustangs sein, die oben in den Bergen lebten. Wie seine Freunde an das Tier gekommen waren, war Simon ein

Rätsel gewesen, eines von der Sorte, das man besser nicht löste. Irgendwo hatte er gelesen, dass die Mustangs direkte Nachkommen der Pferde der spanischen Konquistadoren waren, Pferde, die von Berbern und Arabern abstammten, zähe, sture, schnelle Tiere. Altes Blut. Sie war am anderen Ende des Roundpens stehen geblieben. Sie hatte stärker geblutet als zuvor und am ganzen Leib gezittert. Ihre Suche nach einem Ausweg hatte Spiralen aus Blutstropfen auf den Sand gezeichnet.

Simons Blick fiel auf die Anzeige der Digitaluhr: 02:31. Dann wanderte er zurück zur Flasche, die neben der Tasse mit frischem, heißem Kaffee stand. Der Kaffee war genau so, wie Simon ihn gerne hatte. In fünfundzwanzig Jahren Kaffeetrinken hatte er seine Kaffeebrauerei zur Perfektion gebracht.

»Dein Saufen auch«, flüsterte er bitter. Simon schraubte den Verschluss vom Scotch, die Flüssigkeit gluckerte freundlich klingend aus dem Flaschenhals. Er überfüllte die Tasse beinahe, beugte sich weit vor und saugte den ersten Schluck über den Keramikrand, die Hände auf der Anrichte abgestützt. Als er die Tasse nun vorsichtig anhob und noch zwei Schlucke nahm, dachte er an Tracy. Tracy, wie sie sich die Nägel pink lackierte und sagte: »Du solltest aufhören, so viel zu trinken, Simon«. Nicht, dass sie jemals so etwas gesagt hätte. Meistens hatte sie »Schatz, ich brauche Geld« gesagt. Oder: »Simon, ich kann so nicht mehr«. Gegen Ende hin hatte sie meist geschwiegen. War der Katze mit wütenden, festen Bewegungen über Kopf und Rücken gefahren, als ob sie das Tier zu Tode streicheln wollte. Auch »Ich verlasse dich« hatte sie nie gesagt. Das hatte sie einfach getan, Simon und die Katze verlassen. Während er in der Küche stand und nachdenklich kleine Schlucke nahm, dachte er an das Tier. Die Katze hatte immer noch keinen Namen. Er war sich nicht sicher, was er mit ihr machen sollte. Behalten wollte er sie nicht, aber er hatte noch keine Anstalten unternommen, um sie loszuwerden.

Die Tasse vorsichtig in beiden Händen haltend ging er zurück in den Monitorraum.

Nach der dritten Tasse Scotch, in dem der Kaffee nur mehr eine unbedeutende Nebenrolle gespielt hatte, ging er vor die Tür. Es war kurz nach vier Uhr morgens, die Luft war feucht und es war kühl. Der weiße Rauch seiner Zigarette hob sich vom leichten Nebel ab, der aufgezogen war. Während er rauchte, ging er auf dem kleinen Parkplatz auf und ab. Einige Insekten umschwirrten die Neonröhre, die über der Tür mit dem Schild ›Aufsicht‹ hing. Es war eigentlich verboten, während der Schicht nach draußen zu gehen. Das hatte sicherheitstechnische Gründe. Er konnte von draußen – anders als in den meisten Räumen drinnen, mit Ausnahme der Toilette – die Monitore nicht im Auge behalten. Das musste nämlich *at all times* geschehen, wie mehrere eingerahmte Verhaltensvorschriften an den Wänden verkündeten. In den dutzend Jahren, in denen Simon schon dieser Arbeit nachging, war nie etwas Gröberes bei den großen Buchstaben passiert. Zwei Mal hatte er Vandalen melden müssen. Öfters einen Komplettausfall der Scheinwerfer oder ein anderes technisches Problem. Auch liefen dann und wann Schatten durchs Bild, die nicht zu identifizieren waren. Die Polizei rief später meist an und gab Entwarnung, wenn so etwas geschehen war. Dort oben lebten große Tiere. Es kam gelegentlich vor, dass sich einer der Berglöwen zu den weißen Lettern hin verirrte.

Simon rauchte immer eine Zigarette während seiner Schicht. Alle gingen früher oder später vor die Tür, vor allem im Sommer, in der Nacht, wenn die Gefahr, dass man dabei erwischt wurde, minimal war. Wenn alle Geräte liefen, konnte die Hitze in den kleinen Räumen unerträglich werden.

Simon setzte sich wieder in seinen Stuhl und betrachtete abwechselnd die Tasse und die Monitore. Er holte sich die Rückansicht der letzten drei Buchstaben auf einen der Bildschirme, dann die vorletzten und dann die ersten, bevor er zurück zur Frontalansicht wechselte. Er stützte sein Kinn in seiner rechten Hand auf und starrte auf die Dunkelheit hinter dem H. Er starrte darauf, bis das Bild vor seinen Augen verschwamm, er unterdrückte ein Gähnen. Simon nahm die halbleere Tasse, die neben der Tastatur stand, und trank sie aus. Er verzog den Mund, nachdem er geschluckt hatte, erhob sich leicht wankend und ging zur Toilette.

Eine Zeit lang saß er, die Hose um die Knöchel, auf dem Klo. Er starrte die Wand neben sich an. Dort hing ein aktueller Kalender, die einzelnen Schichten waren farbig und mit schöner Handschrift eingetragen. Er stellte fest, dass er am Wochenende nicht arbeiten musste, was ihm entfallen war. An der Toilettentür hing ein Filmposter von *L.A. Confidential.* Kim Basinger sah ins Nichts, Kevin Spacey guckte einem beim Pinkeln zu. Simon betrachtete lange den Mund der Schauspielerin, bevor er die Spülung betätigte und sich die Hose zuknöpfte.

Er machte einen Umweg über die Küche. Dort stand die noch zu einem Fünftel gefüllte Flasche. Er schraubte den Verschluss ab, setzte sie an seine Lippen und trank sie aus. Der Alkohol brannte in der Kehle. Er unterdrückte einen Würgreflex, während er den Verschluss wieder aufschraubte. Er legte sie in zurück in die Tasche und zog den Zipp zu. Diesmal tat er das langsam und bedächtig. Simon setzte noch einmal Kaffee auf.

Fünf Tage lang hatte er der Stute keine Beachtung geschenkt. Nur ein Mal am Tag war er hinausgegangen, um ihr einen Kübel Wasser an den Zaun zu hängen und zwei armvoll Heu hinzuwerfen. Sie hatte nicht gefressen, erst am vierten Tag in der Früh sah er, dass sie etwas getrunken hatte. Am sechsten Tag hatte er sie mit ihrem neuen Namen angesprochen.

»Altes Blut«, hatte er gesagt und ihre Ohren hatten sich bewegt.

Am siebenten Tag hatte ihn einer der Freunde angerufen. Von dort, wo er gesessen war, hatte er sie beobachtet. Die Stute hatte meist nichts getan, als mit hochgerecktem Hals an der Umzäunung zu stehen und zu den Bergen zu blicken.

»Und wie macht sie sich?«

Sie hatte an Gewicht verloren. Ihre Rippen begannen sich unter dem Fell abzuzeichnen. Ihre Beine waren verschorft gewesen. Sie hatten keine Zeit, zu heilen, immer wieder riss sie sich die Wunden bei ihren Fluchtversuchen auf.

»Habt ihr sie aus den Bergen?«

Der Freund hatte eine Sekunde lang geschwiegen bevor er Simon eine Antwort gab.

»George hat geplaudert, oder?«

»Nichts für ungut«, hatte Simon geantwortet, »aber sie ist unbrauchbar.«

»Du bist so ein Schisser!«, hatte der Freund gelacht, »du hast es nicht einmal probiert, oder?«

Simon hatte den Kopf gehoben und war ihrem Blick zu den Bergen hin gefolgt.

»Wir kommen gleich vorbei und probieren es gemeinsam«, hatte der Freund gesagt, »gemeinsam kriegen wir sie klein.«

Nachdem sie aufgelegt hatten, war Simon noch einige Minuten neben dem Telefon sitzen geblieben. Er hatte den Hörer angestarrt und zuerst an seinen Vater gedacht, bevor die Gedanken weitergewandert waren nach Kalifornien. Er hatte an Strände gedacht, an schöne Mädchen und an Sonne. Dann war er aufgestanden und nach draußen gegangen, um auf seine Freunde zu warten.

Er hatte sie bei ihrem neuen Namen gerufen, aber diesmal war die Reaktion ausgeblieben.

»Ich werde diese Geschichte erzählen und ich bestimme, wie sie ausgeht.«

Simon hatte die Hände in die Hosentaschen gesteckt und war sich mit einem Mal dumm vorgekommen. Er hatte nach einem Stein getreten. Erst als das unverkennbare Motorengeräusch von Georges altem Pick-Up langsam näher gekommen war, hatte die Stute beide Ohren nach hinten verdreht.

›Kommt nur‹, hatte diese Geste gesagt, ›kommt nur und versucht es.‹

Simon erinnerte sich an den Himmel. Er war wolkenverhangen gewesen, irgendwie dunkel mit einigen hellen Kringeln darin – im Nachhinein hatte er es als ein Vorzeichen interpretiert. Ein besonders gemustertes Stück hatte sich ihm ins Hirn gebrannt, vermutlich weil es das Letzte gewesen war, das er gesehen hatte. Er erinnerte sich nicht mehr daran, wie die Stute versucht hatte, sich gegen den Sandsack auf ihrem Rücken, gegen das Halfter und die Stricke zu wehren. Auch nicht daran, wie sie ausgesehen hatte, nachdem man ihr das Bein mit der weißen Fessel unter den Bauch band, was sie in eine erbärmlich aussehende Position gezwungen haben musste. Er erinnerte sich nicht mehr an die Schläge, die sie eingefangen hatte, die meisten davon durch seine Hand. Simon hatte kein Bild von ihren Augen.

Simon schlug die Augen auf. Die Uhr zeigte zwei Minuten nach sechs Uhr morgens. Sein Kopf war vornüber gesunken, seine Arme hatte er vor der Brust verschränkt. Noch viel verbotener als die Aufsichtsräume zu verlassen war, während des Dienstes einzuschlafen. Er zwinkerte ein paar Mal, streckte die Arme von sich und stand auf. Ein leichter Schwindel überfiel ihn, in seinen Schläfen begann ein unangenehmer Schmerz im Rhythmus seines Herzschlags zu pochen. Simon holte sich ein Glas Wasser aus der Küche. Als er wieder auf dem Stuhl saß, schüttelte er zwei Aspirin aus einem kleinen Fläschchen in seine linke Handfläche und schluckte sie mit dem Wasser. Erst als er das Glas neben der Tastatur abstellte und sein Blick wieder auf den Monitor fiel, sah er sie.

Sie stand auf dem zweiten L. Die Frau hatte dunkles Haar, das über ihre Schultern fiel. Ihr Gesicht war ausdruckslos. Simon hatte oft darüber nachgedacht, was er tun, wie er sich verhalten würde, wenn er einmal jemanden auf den Buchstaben sehen sollte – aber er hatte nicht mit dem Schreck gerechnet, der ihm nun beim Anblick der Frau in die Glieder fuhr. Ihr Gesicht war sehr weiß, so weiß wie das L unter ihr. Seine linke Hand griff nach dem Telefonhörer, er wandte den Blick nicht von ihr ab. Simon würde nie erklären können, warum er nicht sofort den Hörer abgehoben und die Kurzwahltaste zur zuständigen Polizeistation gedrückt hatte, abgesehen davon, dass es ohnehin zu spät gewesen wäre. Er verharrte einfach in dieser Position – Hand auf dem Hörer, Augen auf dem Bildschirm. Er wusste im Nachhinein auch nicht, was er in diesen Sekunden gedacht hatte, die sie brauchte, um sich dazu zu entschließen. Sie zeigte keine Regung, streckte die Arme nicht aus, blickte nicht auf zum Himmel, sondern starr geradeaus auf den Lichtteppich der Stadt. In dem Moment, in dem sie sich bewegte, war sie auch schon verschwunden, war wie ein Stein diese fünfzehn Meter durch die Luft gefallen und im Gestrüpp verschwunden. Die einzigen Details, die er registrierte, waren die wundersamen Schatten, die ihre Haare auf das L warfen, und dass sie keine Schuhe trug.

Simon wartete vor der Monitorwand. Er wechselte die Kameraansicht nicht. Vielleicht würde sie ja wieder oben auf dem L auftauchen, vielleicht war sie eine Zirkuskünstlerin, dachte er, oder eine Zauberin – er lachte auf bei dem Gedanken und zuckte im gleichen Moment über den hohen, hysterischen Laut zusammen, der ihm entfahren war. Erst dann fand sein Zeigefinger die richtige Taste und er drückte den Hörer an sein Ohr.

»Ja«, sagte er, »ein Entwistle, richtig.«

Simon klemmte den Hörer zwischen Ohr und Schulter und blickte zur Digitaluhr: »Gerade eben.« Er seufzte, dann sagte er leise: »Wenn ich schätzen soll, dann etwa um acht nach sechs.« Das Gegenüber sagte wieder etwas. »Nein«, unterbrach er, »nein, sie ist vom zweiten L gesprungen, nicht vom ersten.« Er fing an, am ganzen Leib zu zittern.

»Wie viele L hat das Wort Hollywood Ihrer Meinung nach?!«, schrie er nach einer erneuten Unterbrechung.

Das Zittern wurde schlimmer. Seine Zähne begannen unkontrolliert aufeinander zu klappern. In neununddreißig Lebensjahren war ihm noch nie so kalt gewesen.

»Ich bestätige«, sagte er und wunderte sich, dass er überhaupt ein Wort herausbrachte, »um sechs Uhr acht Ortszeit ist eine unbekannte, weibliche Person vom zweiten L des Hollywood-Zeichens gesprungen. Ich bitte um Überprüfung.«

Er knallte den Hörer zurück auf die Gabel, noch bevor er das letzte Wort zu Ende gesprochen hatte. Mit einem Mal war das Kälteempfinden durch unsägliches Hitzegefühl ausgetauscht worden. Viel Schlimmer aber war die unfassbare Gier nach einem Schluck Scotch.

Er richtete sich auf, drehte den Wasserhahn zu und betrachtete sich im kleinen Spiegel der Toilette. Die Hände wanderten hoch und legten sich an die Wangen des Fremden, den er zum ersten Mal in seinem Leben zu sehen schien. Wassertropfen vermischten sich mit dem Film kalten Schweißes, der Simon ausgebrochen war, als er sich übergeben hatte. Er hatte das Gefühl, dass er stank; weit hinten in der Kehle schmeckte er Galle. Versuchsweise zog er die Haut auf seinem Gesicht straff, mit dem Resultat, dass ihm eine Fratze entgegenstarrte. Simon ließ die Haut wieder los. Er hatte die Tür zur Toilette offen gelassen, um das Telefon zu hören. Er wollte nicht, dass sie anriefen. Er wollte kein Protokoll verfassen. Er wollte nicht wissen, wie sie hieß und warum sie es getan hatte. Er wollte niemandem sagen müssen, was er entdeckt hatte, als die Sonne aufging, nur zwanzig Minuten nachdem sie gesprungen war. Dort auf dem L hatte sich etwas aus der Morgendämmerung geschält: Ordentlich nebeneinander gestellt, nahe am linken Rand, befand sich ein Paar kleiner, weißer Leinenschuhe.

Simon saß wieder auf dem Drehstuhl. In der Hand hielt er ein Notizbuch, zwei Sätze hatte er notiert. Es war, als hätte sich die Zeit in ein endlos dehnbares Stück Gummi verwandelt, als säße er schon eine Ewigkeit beinahe unbeweglich auf seinem Drehstuhl, dabei war es erst kurz nach sieben. Anna würde bald kommen. Draußen war es mittlerweile hell, er sehnte sich nach einer Zigarette und einem Drink, aber er wagte sich nicht mehr vom Telefon weg. Jedes Mal, wenn sein Blick zu den Monitoren fuhr, erblickte er die Schuhe der Frau auf dem L. Es war eher eine Art Schemen, man musste sich sehr konzentrieren, um sie zu sehen, aber sie waren da. Am Fuß der Buchstaben durchwanderten Menschen das Gestrüpp, hauptsächlich Polizisten, viele von ihnen trugen Sonnenbrillen. Die Leiche der Frau war noch nicht geborgen, aber der Gerichtsmediziner hatte sich eben zu ihr durchgekämpft, gefolgt von zwei Männern, die einen dieser grauen Transportsärge trugen. Simon überlegte, was er Anna sagen sollte. Das Telefon blieb stumm.

Während der nächsten vierzig Minuten kamen zwei Notizen dazu: *»Er erinnerte sich an den Geruch von Blut auf kalten Fliesen«* und eine kurze Einkaufsliste. Neben zwei Sternen stand *Toastbrot* und *Milch*. Das Katzenfutter würde ihm nicht mehr einfallen. Den Scotch und das Bier musste er nicht aufschreiben. Es war eher wahrscheinlich, dass er die anderen beiden Dinge vergaß, wenn er erst einmal im Geschäft war.

Die Leiche der Frau lag noch immer verdeckt in den Sträuchern unter den Buchstaben.

Als er Annas Wagen auf den Parkplatz fahren hörte, klappte er das Notizbuch zu und verstaute es in der Tasche. Er wollte ihr gerade entgegengehen, da fing das Telefon an, zu läuten. Simon drehte den Kopf nach dem Apparat. Langsam hob er ab und nannte seinen Namen. Anna trat durch die Tür, ihr Gesicht noch verquollen vom Schlaf. Sie grüßte knapp, dann ließ sie sich auf den Stuhl neben Simon fallen. Sie wollte gerade etwas sagen, da bemerkte sie, dass er telefonierte. Ihre Blicke trafen sich. Simon öffnete den Mund, dann schloss er ihn wieder. Er nickte Richtung Monitore und Annas Blick fuhr zu den Bildschirmen. Einen Moment lang war der Ausdruck auf ihrem Gesicht verständnislos. Dann begann sie langsam zu begreifen. Die Polizei, der Gerichtsmediziner, der Transportsarg – einer der Männer schien eben drei andere zu sich zu rufen.

»Wissen Sie schon, wer sie ist?«, fragte Simon schließlich. Die Stimme am anderen Ende der Leitung sprach schnell. Sie erklärte ihm, dass sie keine Auskunft darüber erteilen dürfe. Sie erklärte, dass sie Simon eigentlich nicht mehr bräuchten. Simons Blick fuhr zu dem Bildschirm, auf dem man die Schuhe sehen konnte. Er öffnete den Mund noch einmal, er sollte etwas von den Schuhen sagen, dachte er, er sollte ihnen sagen, dass sie ihre Schuhe auf dem L gelassen hatte und dass jemand dort rauf klettern und sie holen musste, denn wenn das nicht geschah, dann würden die Schuhe dort oben bleiben bis in alle Ewigkeit – oder zumindest bis zum nächsten großen Wind. Aber er verschwieg die Schuhe, fragte stattdessen, ob er seine Aussage noch einmal persönlich auf dem Revier machen sollte. Sein Angebot wurde abgelehnt.

»Wie gesagt, ein klarer Fall, Mr. McDougall«, sagte die Stimme am anderen Ende der Leitung.

Ein klarer Fall. Besser konnte man es gar nicht ausdrücken, dachte Simon.

Nachdem er aufgelegt hatte, vergrub er sein Gesicht in beiden Händen.

»Was ist passiert?«, fragte Anna, sie streckte die Hand aus und legte sie auf seine Schulter. Gemeinsam beobachteten sie, wie vier Männer die Leiche der Frau in den Transportsarg legten. Alles, was Simon und Anna von ihr sehen konnten, war der schwarzen Haarschopf, der durch die Hebebewegung langsam vor und zurück schwang, so als wäre noch Leben in dem Kopf, der ihn trug.

»Simon? Was ist passiert?«, fragte Anna noch einmal. Ihre Stimme klang brüchig und schwach.

»Ein Entwistle«, antwortete er schließlich, »sie ist heute um sechs gesprungen.«

»Wie konnte sie da rauf, ohne dass du es bemerkt hast?«

Simon war überrascht, dass in Annas Stimme kein Vorwurf lag, sondern nur Verwunderung. Die Antwort auf diese Frage würde maßgeblich darüber bestimmen, ob er die Arbeit verlieren würde.

»Ich war draußen«, sagte er, »ich war auf dem Klo.«

Ich war betrunken und bin eingeschlafen, dachte er.

»Zuerst draußen und dann auf dem Klo?«, wiederholte Anna und es klang keineswegs zweifelnd. In ihren Ohren hörte es sich absolut plausibel an. Wie oft hatten sie schon darüber geredet, dass es unmöglich war, die Schicht ohne eine Pause zu Ende zu bringen?

»Sie war einfach plötzlich da. Ich hab nur gesehen, wie sie gesprungen ist.«

Anna schwieg. Schließlich stand sie auf, verschwand in der Küche und holte ein Glas mit Wasser, das sie vor Simon abstellte. Er ignorierte das Glas.

»Das ist ziemlich furchtbar«, sagte Anna schließlich leise.

»Ich will nach Hause.« Simon stand auf. Seine Bewegungen wirkten fahrig und unbeholfen.

»Klar«, sagte sie, »natürlich.«

Sie verabschiedeten sich leise voneinander und zu ihrer beider Überraschung nahm Anna ihn kurz in ihre Arme.

»Wenn du jemanden zum Reden brauchst …«, fing sie an, doch Simon schüttelte einmal energisch den Kopf.

»Ich brauche nur etwas Ruhe«, sagte er. »Das ist alles.«

Er nahm seine Tasche mit der leeren Scotchflasche und stieg in den Saab. Als er die Autotür zuzog, sagte er sich, er würde aufhören, während der Schicht zu trinken. Aber mit den Vorsätzen war es wie mit den meisten Menschen in Simons Leben: Sie kamen und sie gingen.

Er würde weiter trinken und es war nur eine Frage von Wochen, wann er mit zwei Flaschen zur Arbeit kam – vorausgesetzt, er hätte dann noch eine.

Simon ging einkaufen. Im Geschäft kam ihm alles unwirklich und viel zu bunt vor. Er besorgte die Milch, den Toast und das Katzenfutter – durch Zufall war er in die falsche Regalreihe abgebogen –, das Bier und drei Flaschen Scotch.

Nachdem er seine Einkäufe im Kofferraum des Wagens verstaut hatte, saß er lange auf dem Fahrersitz und trank in vorsichtigen Schlucken aus der Flasche. Zum ersten Mal seit langem dachte er nicht über seine Gründe für das Trinken nach. Er saß einfach nur da, die Flasche in der Papiertüte mal am Mund, mal zwischen die Beine geklemmt, er rauchte eine Zigarette und betrachtete die Leute, die der Ausgang des Supermarktes ausspuckte. Als er irgendwann den Verschluss wieder auf die Flasche schraubte, dachte er an Tracy. Er war erleichtert, dass sie nicht da sein würde, wenn er nach Hause kam. Die Katze reicht vollauf, dachte Simon, die Katze und ihr ewiges Gemaunze. Er steckte den Schlüssel in die Zündung, der Ärmel seines Hemdes war hoch gerutscht, er wollte den Schlüssel eben drehen, da fiel sein Blick auf die Narbe an seinem rechten Handgelenk. Sie war so dünn und weiß, dass er sie kaum jemals bewusst wahrnahm. Diesmal aber ließ er den Schlüssel los und zog den Ärmel noch weiter zurück. Er hob die Hand vor sein Gesicht und fuhr die Narbe mit dem Zeigefinger seiner linken Hand nach. Neunzehn Stiche, blass und nur mehr schwer zu zählen. Er sah durch die Windschutzscheibe nach oben, das grelle Licht blendete ihn.

Es lagen Welten zwischen den Himmeln von Montana und Kalifornien.

Als es Simon wieder besser gegangen war, hatten seine Freunde von den Augen der Stute erzählt. »Wie der Teufel«, das waren Georges Worte gewesen. Die vier Männer hatten erst nach vielen Bieren angefangen über sie zu reden. Wahrscheinlich, weil sie zum ersten Mal in ihrem jungen Leben einem Gegner begegnet waren, der ihnen so richtig Angst gemacht hatte. Über so etwas spricht man nicht, außer man ist betrunken oder eine Frau, dessen waren sich alle vier einig.

»Wie der Teufel«, hatte George wiederholt und einen großen Schluck genommen. »So etwas habe ich noch nicht gesehen. Die Augen waren nur weiß. Sie hat Blut geatmet, Simon. Wir waren alle voll mit winzigen, kleinen Tropfen von ihrem Blut.«

Er hatte nicht erwähnt, dass sich das Blut des Pferdes in einem bestimmten Moment mit dem Blut Simons vermischt hatte, allerdings war Simons Blut nur an ihren Händen gewesen – das der Stute aber überall. Sie hatten es erst viel später gemerkt, hatten sich gewundert über die winzigkleinen roten Punkte auf ihrer Kleidung und ihren Gesichtern und es hatte gedauert, bis ihnen klar geworden war, woher sie stammen mussten.

Simon war drei Tage später im Krankenhaus wieder zu sich gekommen, sein Schädel mit unzähligen Metern Mull umwickelt, der rechte Arm bis zur Schulter eingegipst. Seine Mutter hatte auf einem Stuhl neben dem Bett gesessen und seine linke Hand gehalten, auf ihrem von Wetter und Arbeit gezeichneten Gesicht einen mehr als besorgten Ausdruck.

»Simon«, hatte sie mit unendlicher Erleichterung gesagt, »du bist wach.«

Er habe wahnsinniges Glück gehabt, hatte der Arzt gesagt. Es war nur ein Knacks im Schädelknochen, das Blutgerinnsel war dabei, sich von selbst aufzulösen. Die Hand würde ein wenig länger brauchen, um zu heilen, aber das würde sie mit Sicherheit tun.

»Sie werden sehen, in ein paar Monaten sind Sie wieder im Sattel«, hatte der Doktor bei Simons Entlassung gesagt.

Erst ein paar Tage später, als George ihn im Krankenhaus besucht hatte, hatte Simon nach ihr gefragt.

»Den anderen tut es echt Leid«, hatte George gesagt und dabei unablässig den Hut in seinen Händen gedreht, »aber sie ist weg«. Für »weg« gab es zwei Möglichkeiten. Entweder man hatte sie an Ort und Stelle erschossen oder jemand hatte sie laufen lassen.

»Das Tor war noch nicht richtig zu«, George hatte mit den Schultern gezuckt und Simon war überrascht gewesen, wie hilflos er geklungen hatte. Simons Blick war auf die zwei eingegipsten Finger seines Freundes gefallen. Der Gips war frisch gewesen und hatte bläulich geleuchtet.

»Das Tor, weißt du, es war nicht richtig zu«, hatte George wiederholt.

»Und dann bist du da am Boden gelegen, alles voller Blut – Mann, das hat wirklich nicht gut ausgesehen. Aber das Tor war nicht richtig zu, ich hätte es schließen sollen, ich weiß, aber es war wichtiger, zu dir hin zu können, ohne diesen Teufel, der da auf dich eingetrampelt hat. Also, um es kurz zu sagen, sie hat keine besondere Aufforderung gebraucht, um abzuhauen. Sie war weg, bevor wir überhaupt wussten, was da passiert ist.«

Simon hatte den Blick von den Gipsfingern seines Freundes genommen und ihn an die Decke gehoben.

»Da hätte man gar nichts machen können«, hatte George leise hinzufügt, nachdem Simon still geblieben war.

»Da stehen wir und schauen, wie die Katastrophe passiert und trotzdem – alles wäre zu langsam gewesen.« George hatte den Kopf geschüttelt, sich den Hut aufgesetzt und erhoben. Erst als er schon in der Türe gestanden war, hatte Simon etwas gesagt.

»Sie hat uns das echt übel genommen, George.«

George hatte sich noch einmal umgedreht und einige Momente lang auf den Boden geblickt.

»Ich glaube nicht, dass einem Tiere etwas übel nehmen, Simon. Wäre es so, dann würden dir all die anderen Pferde, die du schon eingebrochen hast, nach dem Leben trachten. Aber das tun sie nicht. Im Gegenteil. Sie fressen dir Tag für Tag aus der Hand. Wir haben einfach nicht aufgepasst. Das war unser einziger Fehler.«

Dann hatte George mit seiner heilen Hand gegen den Türstock geklopft, ein letztes Mal gelächelt und war anschließend verschwunden.

Als der Arm wieder heil gewesen war, hatte Simon noch ein paar Pferde eingebrochen. Er hatte keine Angst gehabt; er war gut gewesen, in dem was er tat und ein Altes Blut kreuzt den Weg eines Menschen meist nur einmal im Leben. Abends war er vor dem Fernseher gesessen und hatte sich alte Filme angesehen. Er hatte niemandem davon erzählt, dass er es wirklich tun würde. Abhauen, so wie das Pferd. Alles, was er brauchte, war ein offenes Tor und neunzehn Monate nach der Begegnung mit dem Mustang hatte sich eines aufgetan.

Als seine Eltern übers Wochenende verreist waren, hatte er die Gunst der Stunde genutzt, seinen Wagen vollgepackt und war nach Kalifornien gefahren, in den ewigen Sommer, ohne einen Blick zurück zu riskieren.

Aber im Gegensatz zu dem Pferd war er nicht nach Hause gegangen.

Seitdem waren siebzehn Jahre vergangen. Simon blickte auf den Supermarktausgang. Eine Frau mit einem vollen Einkaufswagen und großen Sonnenbrillen kam gerade heraus. Sie hatte Windeln und Babybrei gekauft. Er fuhr ein letztes Mal mit dem Finger die Narbe entlang, dann zog er den Hemdsärmel wieder herunter. Die Haare der Frau, die in den Tod gesprungen war, hatten die gleiche Farbe gehabt wie das Fell der Stute. Pechschwarz. Ihre Schuhe waren weiß gewesen. Er griff nach dem Schlüssel, startete den Wagen und fuhr los.

Die Kellnerin brachte ihm den Kaffee und das Omelett. Simon hatte plötzlich Hunger bekommen, aber als sie das Essen vor ihm abstellte, war er verflogen. Die Sonne stand noch nicht sehr hoch über der Stadt. Der Nebel war durch gelbstichigen Smog abgelöst worden – oder vielleicht hatte es niemals Nebel gegeben, sondern immer nur Smog. Wer konnte das schon so genau sagen. Simon mit Sicherheit nicht. Er nahm einen Schluck Kaffee. Als er aufblickte, sah er den Schriftzug.

HOLLYWOOD stand da, hoch über den Häusern der Stadt der Engel.

# GOLDEN GATES

John Rosdale steckte den Schlüssel in das Schloss seiner Haustür und wollte aufsperren, aber zu seinem Erstaunen stellte er fest, dass die Tür schon offen war. Einen Moment lang war er ratlos – hatte Janet etwa nicht abgesperrt?, doch dann schwang die Tür auf und seine Frau stand vor ihm. Sie trug Lockenwickler und einen ausgewaschenen, einst rosafarbenen Schlafmantel, den sie über der Brust mit einer Hand zusammengefasst hielt. Sie sah verschlafen aus, so als wäre sie eben erst aufgestanden. Der Geruch von frisch gebrühtem Kaffee drang aus der Küche und bestätigte seinen Verdacht.

Er küsste sie zur Begrüßung auf den Mund und bemerkte den säuerlichen Geruch von Schlaf.

»Ich habe vergessen, dass du Nachtschichtwoche hast«, sagte er, als er sich auf den Stuhl neben der Kommode fallen ließ und anfing, seine Schuhe aufzubinden. Sie sagte nichts, gähnte stattdessen und wanderte an ihm vorbei zurück in die Küche, ein rosafarbenes Gespenst, das er nun schon seit über fünfundreißig Jahren kannte.

»Hast du gut geschlafen?«, rief er in die Küche.

»Das Kind hat wieder den ganzen Nachmittag geweint.« Er hörte, wie sie sich eine Tasse aus dem Schrank über der Spüle nahm und sie mit Kaffee füllte.

»Du willst lieber ein Bier, nehme ich an«, sagte sie. Es klang eher wie eine Feststellung als eine Frage.

John rieb sich mit seinen großen, rissigen Händen über das Gesicht. Er nickte und noch bevor er etwas sagen konnte, hörte er schon die Kühlschranktür und das Scheppern, als sie die Dose neben ihre Kaffeetasse auf den Resopaltisch stellte. Er warf einen Blick auf die Uhr an seinem Handgelenk. Es war kurz nach fünf Uhr nachmittags. In einer Stunde würde sie sich wieder auf den Weg in die Klinik machen, nachdem sie in Ruhe gefrühstückt und sich anschließend mit der Bedächtigkeit eines Mönchs angezogen hatte. Sie trug immer das Gleiche: Ein Paar eingegangener Adidas, eine Jeans, ein weißes T-Shirt, je nach Wetterlage noch eine Weste darüber. Er hatte sie einmal gefragt, weshalb sie sich jeden Tag gleich kleidete, wenn sie doch in der Klinik ohnehin ihren Kittel tragen musste, doch die Antwort darauf war vage geblieben – Gewohnheit, hatte sie gemeint. Janet war nie eine gewesen, die viel Wert auf ihr Äußeres gelegt hatte, wenn man einmal von den Lockenwicklern absah, die sie sich regelmäßig ins Haar drehte. Hohe Schuhe kamen für sie nicht in Frage. Er glaubte, dass sie nicht einmal ein solches Paar besaß. John konnte sich auch nicht erinnern, wann er sie das letzte Mal in einem Rock gesehen hatte. Definitiv, bevor die Sache mit Sash geschehen war.

»Seid ihr fertig geworden?«, fragte sie, als er ihr gegenüber an dem kleinen Tisch Platz nahm und mit einer geübten Bewegung mit zwei Fingern die Bierdose aufknackte.

»Nein. Fincher, Osborne und Klein waren heute krank gemeldet«, antwortete er und nahm einen Schluck Bier.

»Keiner will da rauf bei dem Wind. Ich kann es ihnen nicht verübeln.«

»Ich auch nicht«, antwortete Janet, sie hielt die Tasse mit beiden Händen umfasst und blies mit spitzen Lippen auf den Kaffee. Ihm fiel nicht zum ersten Mal auf, dass seine Frau anfing, leicht zu schielen.

»Geht Fincher jetzt zur Therapie?«, fragte sie.

John antwortete nicht. Er wandte sich um und sah aus dem Fenster. Das Kind der neuen Nachbarin saß im verkümmerten Vorgarten und spielte mit einem Ast. Es hatte weiße Strümpfe an, die bis zu den Knien hochgezogen und dreckig waren. Seine

Haare standen wirr vom Kopf ab und das Gesicht war rotzverschmiert. Janets Blick folgte seinem.

»Er sollte diese Therapie wirklich machen«, sagte sie leise, wie zu sich selbst, aber John wusste es besser. Das Kind stand auf und klopfte sich auf das linke Knie. Es wischte sich mit dem Handrücken der rechten Hand die Nase ab, drehte sich einmal um die eigene Achse und ging dann, nach einem prüfenden Blick die Straße rauf und wieder runter, erneut an der selben Stelle im Schneidersitz zu Boden. Janet und John Rosdale betrachteten es stumm dabei.

»Ich glaube, sie lässt die Kleine allein«, sagte Janet schließlich nachdem sie einen Schluck Kaffee genommen hatte.

»Was meinst du?«

»Ich glaube, sie geht arbeiten und lässt die Kleine in der Zwischenzeit allein. Deshalb weint sie so viel«, antwortete Janet nach einigen Momenten.

»Die Mutter?«, fragte John, der mit den Gedanken wo anders gewesen war.

»Die Kleine natürlich«, antwortete Janet geduldig, »nicht die Mutter.«

Die beiden betrachteten wieder das Kind. Es hatte aufgehört, mit dem Stecken zu spielen und starrte jetzt intensiv auf etwas in seinem Schoß.

»Sie weint so lange, dass sie mich damit aufweckt. Ich wollte schon rübergehen.«

John zuckte die Schultern. Er trank sein Bier aus, zerknüllte die Aludose und stand auf, um sich eine neue aus dem Kühlschrank zu holen.

»Was ist jetzt mit Fincher und der Therapie?«

John atmete tief ein und aus. Er fühlte, dass er gleich ungehalten werden würde.

»Ich habe keine Ahnung, was mit Finchers Therapie ist, Janet. Warum fragst du mich das ständig?« Es hatte schnippischer geklungen als beabsichtigt.

John blickte in den Kühlschrank und griff nach einer der hinteren Dosen, in der Hoffnung, sie wäre kühler als die, die er eben geleert hatte.

»Reg dich nicht gleich so auf«, antwortete seine Frau. Er drehte sich nach ihr um und sah sie da sitzen; die Ruhe selbst betrachtete sie immer noch das Kind der Nachbarin, das im Staub spielte und vermutlich auf die Rückkehr der Mutter wartete.

»Ständig fragst du mich nach Finchers Therapie, da kann ich mich nur aufregen.«

Ihre Antwort war ein tiefes Seufzen.

»Ich sollte einmal rüber gehen und fragen, wie es ihr so geht«, sagte Janet schließlich, nachdem es eine Weile still geblieben war.

»Vielleicht lässt sich da was machen mit der Kleinen.«

»Ich will kein kleines Kind im Haus, wenn ich von der Arbeit heimkomme.«

»Und ich will keines, das allein auf der Straße spielt und dem ich beim Heulen zuhören muss.«

Janet stand auf, trank den letzten Schluck Kaffee und stellte die Tasse in das Spülbecken. Bevor sie ins Bad ging um sich fertig zu machen, informierte sie John darüber, dass im Tiefkühlfach eine Fertiglasagne auf ihn wartete. Er bedankte sich kaum hörbar und setzte sich vor den Fernseher.

John Rosdale bekam kaum mehr mit, als seine Frau das Haus verließ um zur Arbeit zu gehen, so vertieft war er in die Vorabendsendung.

Der Erste, den John am kommenden Tag bei der Arbeit sah, war Fincher. Fincher sah schlecht aus, unrasiert und so, als hätte er kaum geschlafen.

»Finch«, sagte er und versuchte, besonders aufmunternd zu klingen, als er ihm auf die Schulter klopfte.

»Wie geht es dir? Besser?«

John konnte den Alkohol riechen, den Finch ausschwitzte.

»Wenn du betrunken bist, dann gehst du am besten gleich wieder nach Hause.«

»Ich bin nicht betrunken, Boss«, antwortete Fincher. Er schaffte es nicht, so brüskiert zu klingen, wie er gewollt hatte.

»Wenn du mir da oben Scheiße baust, fliegst du raus.«

»Ich bau keine Scheiße«, antwortete Fincher.

»Ich streiche bloß alles orange. Die ganze Welt orange, orange, orange.«

Begleitend machte er eine streichende Handbewegung. Sie hörten ein Auto, das vor der Halle hielt. Als die Handbremse angezogen wurde, quietschte es und sie wussten beide, dass es Alvárez war.

John stieg manchmal noch selber auf die Sonne – so nannten sie die Brücke untereinander. Sie war groß, sie war lang, sie war hoch und sie war orange. John arbeitete nun seit fünfzehn Jahren hier, die meisten im Team waren lange dabei, außer es standen gröbere Sachen an, als die gängigen Instandhaltungsarbeiten. Dann wurde kurzfristig das Personal aufgestockt.

Alvárez kam herein, der Mann hatte immer einen federnden Gang und strahlte Fröhlichkeit aus, obwohl er nicht sehr viel zu Lachen hatte mit einer schwerkranken Frau und zwei kleinen Kindern. In einer Hand hielt er einen weißen Beutel, der verlockend roch.

»Hat jemand Lust auf einen Doughnut?«

Er öffnete den Papiersack und hielt ihn den beiden Männern entgegen. John griff zu, aber Fincher lehnte mit einem schiefen Lächeln ab.

»Zu früh für Zucker«, sagte er.

»Bleibt mehr für mich«, antwortete Alvárez unbekümmert und ging pfeifend weiter zu seinem Spind.

»Du hast abgenommen«, sagte John zu Fincher, »was ist eigentlich mit der Therapie?«

Fincher schlug die Spindtür heftiger zu, als nötig.

»Warum liegt ihr mir eigentlich dauernd damit in den Ohren?«

John drehte sich um und sah Alvárez' Kopf hinter seiner Spindtür auftauchen, er kaute mit vollen Backen und blickte besorgt von Fincher zu Rosdale und wieder zurück.

John nickte ihm kaum merklich zu und Alvárez zog den Kopf wieder ein.

»Die Frau ist vor deinen Augen gesprungen, Fincher. Sie hat sogar noch auf dein Rufen reagiert. Du hast gesehen, wie sie da gestanden ist und wie sie ihre Entscheidung getroffen hat und du konntest gar nichts dagegen tun. Eine Therapie ist das, was …«, doch an dieser Stelle unterbrach ihn Fincher: »Komm mir jetzt nicht wieder mit Sasha. Komm mir jetzt bloß nicht wieder damit. Ich hab das alles unter Kontrolle, glaub mir. Ich brauche nur ein bisschen Zeit, okay?«

Er klemmte sich seinen Helm unter den Arm, stopfte die Handschuhe hinein und meinte, er würde draußen auf sie warten. John sah, wie Fincher noch im Gehen ein Päckchen Roter Marlboros aus seiner Brusttasche zog. Fincher hatte vor über sechs Jahren aufgehört zu rauchen, John und er hatten es sich gemeinsam abgewöhnt. Seit wann sind wir eigentlich keine Freunde mehr?, dachte John, als er seinem Kollegen nachblickte.

Eine Viertelstunde später machten sie sich auf. Sie arbeiteten am zweiten Brückenpfeiler von der Marin County Seite aus gesehen, auf der Seite, auf der der Fußgängerweg gelegen war. Sasha hatte die Mitte gewählt, damals, vor sechzehn Jahren. Die Mehrheit von ihnen tat es. Keiner wusste, warum. Es erschien unlogisch, denn in der Mitte gab es keine Pfeiler, die der Sache ein sicheres Ende bereiten würden. Wasser ist immer noch Wasser. Wenn man falsch aufkam, brach man sich alle Knochen und überlebte trotzdem.

Janet blickte müde auf die Uhr über der Tür des Behandlungsraumes. Es war kurz vor fünf Uhr morgens. Auf dem Tisch vor ihr lag eine junge Frau, der man eben den Magen ausgepumpt hatte. Sie fühle sich lausig, war das Einzige, das sie immer wieder sagte, ob man ihr nicht etwas dagegen geben könne. Sie fühle sich lausig und es täte ihr Leid. Der Raum stank nach saurem Mageninhalt – Janet tippte auf Tequila gemischt mit Bier – und kaltem Schweiß. Beides hatte das Mädchen ausgesondert.

»Deine Eltern kommen gleich«, hörte Janet sich sagen, sie griff nach dem Handgelenk des Mädchens, unter der dünnen Haut raste ein unruhiger Puls vor sich hin.

»Oh Mann«, flüsterte sie, »auch das noch.«

Das Mädchen hieß Anne Huber und war achtzehn Jahre alt. Sie hatten eine Poolparty gefeiert, das wusste sie noch, und Jungs hatten sie aufgefordert, bei einem Trinkspiel mitzumachen. Ins Krankenhaus war sie von einem Mädchen und einem Jungen gebracht worden, beide waren nüchtern gewesen und hatten besorgt ausgesehen, als sie Anne zwischen sich in die Notaufnahme schleppten. Anne hatte irgendwo auf dem Weg einen ihrer Schuhe verloren, eine hochhackige, silberne Sandale, aber der Verlust der Sandale war für alle das geringste Problem gewesen. Anne wog fünfundfünzig Kilo bei einer Körpergröße von 1,79 Meter, mit anderen Worten: Sie war nicht viel mehr als ein Stecken mit ästchenartigen Armen und Beinen dran.

»Sie will Model werden«, hatte das Mädchen gesagt, das sie gebracht hatte.

»Sie achtet sehr auf ihre Ernährung.«

»Ich seh's«, war Schwester Ruths lakonische Antwort darauf gewesen.

Der Arzt hatte Anne gesehen, ihren Blutalkohol gemessen und war schnell zu seinem Entschluss gekommen. Es war nicht eruierbar gewesen, wie viel sie getrunken hatte, denn Anne war nicht ansprechbar und die beiden, die sie hereingeschleppt hatten, waren leise und rasch verschwunden, sobald klar war, dass man Annes halbkomatösen, alkoholinduzierten Zustand ernst nahm.

»Also raus damit«, hatte der Arzt gesagt und geseufzt. Einem Menschen den Magen auszupumpen war eine unangenehme Aufgabe, an die man sich nicht gewöhnte.

»Ich fühl mich so scheiße«, flüsterte das Mädchen wieder.

Janets Blick wanderte erneut zur Uhr.

»Das wird schon wieder«, sagte sie nur. Janet empfand kein Mitleid mit ihr.

Sie übergab das Mädchen und ihre anderen Patienten ordnungsgemäß der nächsten Schicht, sie duschte lange und heiß in der Frauenumkleide, bevor sie wieder in ihre Alltagskluft schlüpfte und sich auf den Weg zum Parkplatz machte. Sie stieg ins Auto und klappte die Sonnenblende hinunter, um ihr Gesicht zu prüfen. Wie jedes Mal, wenn sie das tat, lächelte ihr ein dreijähriger, aufgeweckter Sash entgegen, er saß auf einem bemoosten Baumstamm und trug blaue Gummistiefel mit roten Kordeln. Das Foto war im Redwood Nationalpark aufgenommen worden, und zwar am 23.03.1983, wie eine leuchtend rote Schrift links am unteren Bildrand bezeugte. Sein Bild fiel ihr nicht immer so auf, wie an diesem Morgen, dessen vergangene Stunden sie mit Anne-ich-tanke-Tequila verbracht hatte. Meistens sah sie nur kurz in sein kleines, fröhliches Gesicht und war dabei schon im Kopf ganz woanders. Aber an diesem Morgen machte sie sein Gesicht neben dem Spiegel der Sonnenblende erneut so traurig, dass ihr beinahe die Luft wegblieb.

Die Therapeutin hatte ihnen beigebracht, wie man mit diesen Schmerzwellen umgehen lernen konnte. John hatte seine eigene Methode, so wie Janet ihre hatte.

Anstatt einkaufen zu fahren, wie sie es ursprünglich vorgehabt hatte, fuhr sie hinunter ans Wasser. Dort schwamm sie am Strand entlang, so lange, bis die Muskeln in ihren Beinen brannten, so lange, bis ihr Auto nur mehr ein kleiner, roter Fleck weit hinter ihr war. Sie schwamm, als wären Haie hinter ihr her, in die Richtung, in der die Brücke nicht war. Wenn sie dann schwer atmend aus dem Wasser kam und sich einen Moment auf einen der großen, flachen Steine setzte, um auszuruhen, legte sie Wert darauf, dass ihr Blick erst auf die Brücke fiel, wenn sie sich gesammelt hatte. Dann hob sie ihren Kopf und sah sich an, wie sie im Licht einer aufgehenden oder untergehenden Sonne in diesem satten, nur ihr eigenen Orange erstrahlte. Manchmal fand sie den Anblick sogar schön.

Sie hatte gedacht, dass sie nie verstehen würde, warum sich John ausgerechnet dort um Arbeit beworben hatte. Aber manchmal, wenn sie sich erschöpft aus dem Wasser schleppte und auf die Felsen fallen ließ, verstand sie es doch. Verstand es besser, als irgendein anderer Mensch auf diesem Planeten es jemals verstehen könnte.

John sah aus dem Fenster. Fincher ging über den Parkplatz auf seinen Wagen zu. Er sah zu Boden während er ging. Einen Moment lang dachte John daran, die Papiere Papiere sein zu lassen, seine Jacke zu nehmen und ihm nachzueilen; Fincher dazu zu überreden, mit ihm auf ein Bier zu gehen und mal über die ganze Sache zu reden, aber er entschloss sich im letzten Moment dagegen. Er beobachtete, wie Fincher in seinen Wagen stieg, das Fenster hinunter kurbelte, sich eine Zigarette anzündete und losfuhr.

»Er kommt darüber hinweg«, sagte plötzlich eine Stimme hinter ihm. John drehte sich in seinem Stuhl zur Tür. Alvárez lächelte ihn an.

»Er kommt darüber hinweg, Boss. Es wird nur ein bisschen dauern.«

John blickte wieder aus dem Fenster, aber Finchers Wagen war weg. Er konnte die rot-orangen Seile der Brücke im Licht der tiefer wandernden Sonne erstrahlen sehen.

»Trotzdem«, war alles, was John dazu sagte.

Nachdem alle gegangen waren, nahm John das Fahrrad, das in einer Ecke der Halle an die Wand gelehnt wartete. Er war der Einzige, der es dann und wann benutzte, um damit auf die Brücke hinaus zu fahren. Beim Hinausgehen schaltete er alle Lichter in der großen Halle aus, einzig das über der Tür ließ er noch brennen. Dann schwang er sich auf das Fahrrad und fing an, in die Pedale zu treten. Die Brücke erschien ihm an manchen Tagen sehr lange und an anderen gar nicht. Er dachte nur selten daran, wie er hier mit dem Auto hinausgefahren war, es am Anfang der Brücke auf dem Parkplatz abgestellt und in Begleitung einer Politesse am Fußgängerweg entlang bis zu der Stelle gegangen war, an der Sasha sein Fahrrad stehen gelassen hatte. Sein Sohn hatte das Rad sogar noch abgesperrt. Die Politesse hatte gefragt, ob John den Code des Fahrradschlosses kannte, oder ob man nicht besser einen Bolzenschneider mitnehmen sollte. Doch John kannte den Code. Es war sein eigenes Geburtsdatum. Die Politesse hatte ihm wiederholt angeboten, das Rad für John zu holen. Die Polizei hatte den Rosdales auch angeboten, das Rad zu ihnen nach Hause zu bringen. Aber John hatte dort hinaus wollen, das Rad selber holen und an der Stelle stehen, an der sein Sohn drei Tage vorher über die Brüstung gesprungen war. Also hatte sich die junge Frau, die noch nicht lange bei der Polizei gewesen war, freiwillig gemeldet, hatte gesagt, sie würde mit ihm dort hinausgehen und das Rad gemeinsam holen. Wahrscheinlich hatte sie gedacht, John würde – sollte er alleine dort hinaus gehen – plötzlich den Entschluss fassen und seinem Sohn nachspringen. Dem Geist folgen.

Janet hatte kaum mehr Erinnerungen an die Tage und Wochen nach Sashas Tod. Die Jahreszeit wusste sie nur, weil sie das Datum kannte. Sie hatte die meiste Zeit in ihrem Ehebett gelegen und geschlafen, mit Hilfe einer unzähligen Armee von bunten Pillen, die ihr einer der freundlichen Ärzte dagelassen hatte, die vorbeigeschickt werden, wenn sich ein Angehöriger umbringt. Das Begräbnis war von Janets Schwester organisiert worden. Janet im Tiefschlaf und John, getrieben von den Gedanken an die letzten Stunden, Handlungen und Gedanken seines sechzehnjährigen Sohnes, waren zu nichts zu gebrauchen gewesen. Kirstin hatte den Sarg ausgesucht, die Kirche, den Priester, die Bibelstellen. Sie hatte die Leute angerufen, sich um die Geldangelegenheiten gekümmert, sie hatte das Buffet organisiert und am Tag des Begräbnisses ihre Schwester geweckt, gewaschen und angekleidet. Ohne Kirstin, dachte John manchmal, läge der Junge noch immer nicht unter der Erde.

Er strampelte gemächlich auf dem Fahrrad bis zu der Stelle, an der sein Sohn das Rad stehen gelassen hatte. John lehnte sein Rad dort an, wo Sashas Rad gelehnt hatte. Als hätte das Rad seines Sohnes einen eigentümlichen, ewig währenden Abdruck in der Luft hinterlassen, der nur dann und wann von dem realen Rad seines Vaters ausgefüllt wurde. John war nicht mehr traurig, wenn er an die Stelle fuhr. Er stand meistens an der Balustrade und sah auf die Bucht; die im Licht der untergehenden Sonne einladend funkelnde See, die schaukelnden Boote, die Häuser, die wie ein Pflanzenteppich die Hügel überzogen, die steil aufragenden Türme von Down Town San Francisco. Hinter sich Brückengeräusche, der Lärm der Autokolonnen, die entlang der sechsspurigen Straße die Brücke querten, die federnden Schritte von Joggern, das Sirren von Fahrradketten. In diesen Momenten gab es nur John und seinen Jungen. Manchmal stellte John sich Sasha als Erwachsenen vor. Mittlerweile wäre er zweiunddreißig Jahre alt. Er hätte das College abgeschlossen, er hätte eine Frau und vielleicht Kinder. Er würde an den Wochenenden in den Redwood Nationalpark fahren und zwischen den Bäumen herumwandern oder Angeln gehen. Er würde seinen Kindern zeigen, wie man ein Zelt aufstellt und ein Lagerfeuer macht. Während er an all diese Dinge dachte, war John nicht traurig. Traurig wurde er erst, wenn ihm plötzlich klar wurde, dass er nichts anderes tat, als Schriftsteller die ganze Zeit taten: Er dachte sich hier eine Figur aus, die es nicht gab. Nicht *mehr* gab. Er vermischte Sashas wirkliche Eigenschaften mit ausgedachten und mit Wünschen, die sich niemals erfüllen würden. Wenn er in dieser gedanklichen Sackgasse gelandet war, beendete er seinen kleinen Ausflug zur Mitte der Brücke. Er bemühte sich jedoch immer darum, mit einem netten Gedanken an Sasha wieder auf sein Fahrrad zu steigen. In den vergangenen Jahren hatten sich die Motive gewandelt. Vor zehn Jahren war es Sasha gewesen, der angefangen hatte, zu laufen. Jetzt war es ein Sasha, der im Sommer vor seinem Tod auf der Veranda hinter dem Haus saß und einen Krimi von Agatha Christie las. Ein ruhiger Moment, in dem sein Sohn sehr zufrieden und in sich ruhend ausgesehen hatte, beinahe sogar glücklich.

John brachte das Rad zurück in die Halle, sperrte ab, löschte das letzte Licht und setzte sich in seinen Wagen. Mit seinen Gedanken war er schon beim Abendessen. Er blickte auf die Uhr auf dem Armaturenbrett. Wenn er sich beeilte, würde er Janet noch erwischen, bevor sie in die Arbeit ging.

Sie schlug die Augen auf, weil sie etwas geweckt hatte. Es war das Weinen des Mädchens von nebenan. Sie hatte das Zimmer beinahe vollständig abgedunkelt, nur durch die Schlitze zwischen den Lamellen der Jalousien drang ein wenig Licht in den Raum. Das Muster, das die Strahlen der Sonne auf den Boden und einen Teil des Bettes malten, war vertraut und doch jedes Mal neu. Sie blieb noch einige Momente still liegen, dann warf sie die Decke zurück und sah auf den Wecker. Es war kurz nach drei Uhr nachmittags. Sie warf sich den Bademantel über die Schultern und schlurfte ins Bad, wo sie sich rasch die Zähne putzte, kämmte und anzog. Sie ging an der Küche vorbei, hielt einen Moment inne, als ihr Blick auf die Kaffeemaschine fiel, lauschte – das Weinen konnte sie nur in ihrem Schlafzimmer hören, aber dennoch wusste sie, dass es immer noch da war, sie konnte es regelrecht spüren – und ging weiter. Im Vorzimmer nahm sie ihren Schlüssel vom Haken, öffnete die Tür und trat hinaus in das grellweiße Licht eines kalifornischen Nachmittags. Sie blinzelte ein paar Mal, ihre Augen mussten sich erst an das Sonnenlicht gewöhnen, dann ging sie zu der Tür ihres Nachbarhauses. Sie horchte angestrengt, aber nun war alles ruhig. Zögerlich setzte sie den Finger auf die Klingel und drückte. Im Haus ertönte eine schrille Glocke. Erst tat sich nichts, doch dann hörte sie tapsende, eilige Schritte, die plötzlich zu einem Halt zu kommen schienen.

»Hallo?«, fragte Janet und hielt ihr Ohr an die Tür.

»Wer ist da?« Die Stimme des Mädchens klang piepsig und verheult.

»Ich bin's«, antwortete Janet, »Janet von nebenan.«

»Ich darf die Tür nicht aufmachen, Mrs. Rosdale.«

»Das ist klug von dir«, antwortete Janet, »man sollte Fremden die Tür nicht aufmachen.«

»Meine Mom ist nicht da«, sagte die Stimme hinter der Tür schließlich.

»Glaubst du, deine Mom hätte etwas dagegen, wenn du zu mir rüberkommst und wir einen Eistee miteinander trinken?«

Janet stand mit gesenktem Kopf vor der Tür. Erst in diesem Moment fiel ihr auf, wie heiß es war. Die Luft um sie herum schien zu wabern.

»Ich weiß nicht«, antwortete das Mädchen zögerlich, »vielleicht wird sie dann böse.«

Janet biss sich auf die Lippen. Sie blickte die Straße rauf und runter, aber die Türen der anderen Häuser waren verschlossen, die Auffahrten leer. Alle waren bei der Arbeit. »Ich werde das mit deiner Mom klären«, sagte Janet schließlich. Im selben Moment bereute sie, dass sie überhaupt herüber gekommen war. Was bilde ich mir überhaupt ein?, dachte sie, was geht mich das hier eigentlich an?

Sie wollte dem Mädchen schon anbieten, es solle sie einfach jederzeit anrufen, wenn sie sich allein fühlte, sie wollte ihm schon ihre Telefonnummer ansagen, sich umdrehen und wieder gehen, vielleicht noch ein Stündchen schlafen, da hörte sie plötzlich, wie der Schlüssel im Schloss umgedreht wurde, sie sah, wie sich der Knauf langsam bewegte und die Tür aufgezogen wurde. Im Vorraum des Hauses war es dunkel. Das kleine, weiße Gesicht, umrahmt von blonden Haaren, leuchtete richtig darin auf.

»Ich war letztens schon draußen«, sagte das Mädchen, »obwohl Mom mir das verboten hat.«

»Ich hab dich gesehen«, antwortete Janet. Die Kleine blickte hinter sich in das dunkle Haus, dann zog sie die Nase hoch. Sie kam Janet winzig vor, immer wieder vergaß sie, wie *klein* Kinder waren.

»Haben Sie auch Kekse?«, fragte das Mädchen.

Sie tranken Eistee auf der hinteren Veranda. Der Rasen des Rosdaleschen Gartens war gelb und wirkte dreckig. Janet und John verzichteten darauf, ihn regelmäßig zu gießen um Wasser zu sparen. Das Mädchen saß auf einem Stuhl, kaute Kekse und schaukelte mit den Beinen. Janet erfuhr, dass sie acht war, Grace hieß, in der Schule gute Noten hatte, dass ihr Vater Soldat war und ihre Mom oft am Nachmittag arbeiten musste.

»Sie verkauft Kleider«, sagte Grace mit ausdruckslosem Gesicht.

»Meistens nur am Vormittag, wenn ich in der Schule bin, aber manchmal auch am Nachmittag.«

Grace war nicht gerne allein. Sie fürchtete sich vor dem Ding unter der Treppe, erklärte sie sachlich. Dort wohne etwas, das in allen Häusern wohne, aber nur manche Leute würden wissen, dass es da sei. Immer da sei, und wenn das Ding einen einmal habe, dann gibt es keinen Weg mehr zurück. Niemand könne einen je wieder finden. Man wäre für immer – an dieser Stelle machte das Mädchen Fäuste und mit einem »Puff«-Geräusch spreizte sie ihre zehn Finger – vom Erdboden verschwunden. Es klang, als erklärte sie einen furchterregenden, unumkehrbaren Zaubertrick.

»Hast du auch so ein Ding unter der Treppe?«, fragte Grace, nachdem Janet mit zwei neu angefüllten Gläsern aus dem Haus gekommen war.

Janet schloss für einen Moment die Augen und dachte an John, wie er mit dem Fahrrad die Brücke entlang fuhr, sie dachte an das Orange, sie dachte an die mit Stickern von Rockbands übersäte Gitarre ihres Sohnes, sie dachte an das Licht, wie es durch die Ritzen der Jalousien in ihrem Schlafzimmer fiel.

»Ich hatte mal so ein Ding unter der Treppe«, antwortete sie schließlich.

»Jetzt nicht mehr.«

»Du hast keine Angst mehr?«, fragte das Mädchen. Mit ihren kleinen Händen hielt sie das Glas umfasst und blickte Janet über die Tischplatte hinweg ungläubig an. Kekskrümel klebten in Graces Mundwinkeln und etwas an ihrem Anblick ließ das Herz der Frau zwei Takte aussetzen.

»Jetzt nicht mehr«, sagte Janet noch einmal.

John bezahlte den Eisverkäufer und nahm das Eis, das Janet inzwischen für ihn gehalten hatte. Schweigend setzten sie ihren Spaziergang fort, immer an der Strandpromenade entlang. Mittlerweile war die Sonne vollständig untergegangen. Die Lichter der Stadt wurden vom sich leicht bewegenden Wasser in der Bucht bruchstückhaft zurückgeworfen. John nahm seine Frau bei der Hand und drückte sie kurz, sie erwiderte das Drücken schweigend. Nach dreiunddreißig Jahren Ehe war das ein kleines Wunder, und das wussten sie beide. Es hatte Jahre gegeben, da hatte das Schuldgefühl die Tür zu ihrer Liebe eingetreten und ein Streichholz an das Fundament ihrer Ehe gehalten. Es hatte Jahre gegeben, in denen sie einander Fremde gewesen waren, jeder von einem anderen, einsamen Stern; zwei Wesen, die sich den Wohnraum teilten und deren einzige Verbindung ein noch fremderer Junge zu sein schien, der mit seinem Fahrrad auf die Golden Gate Bridge gefahren war, um sich dort das Leben zu nehmen. Sie hatten vergessen, dass es ein Davor gegeben hatte. Das Danach war noch im Nebel gelegen, so wie die Brücke an den meisten Tagen des Jahres.

»Willst du mal probieren?«, fragte John und hielt Janet seine Eistüte hin. Sie nickte und schleckte über die grüne Kugel.

»Pistazie«, stellte sie fest.

»Was hat sie noch gesagt?«, fragte John schließlich, nachdem er sein Eis aufgegessen hatte. Er fühlte sich angenehm gesättigt.

»Nach ihrem Tobsuchtsanfall? Nicht viel. Sie hat sich bedankt. Was hätte sie sonst tun sollen.«

»Sie kennt uns nicht.«

»Richtig«, sagte Janet, »sie kennt uns nicht.«

Sie verschwieg John, wie die Nachbarin ausgesehen hatte, nachdem Janet ihr erklärt hatte, weshalb sie Grace zu sich geholt hatte. Sie erwähnte nichts von dem betretenen, entsetzten, verschämten Gesichtsausdruck der jungen Mutter, den sie so gut von sich selbst kannte.

»Sie ist einfach überfordert mit der Situation. Ihr Mann ist im Irak, sie sind gerade erst hergezogen, sie ist allein, das Kind, kein Geld – sie hat es nicht leicht.«

John blieb stehen und blickte über das Wasser. Von da, wo sie standen, konnte man die Brücke nicht sehen.

»Und woher soll sie wissen, dass ich genau weiß, wie sich das anfühlt, wenn man krank vor Sorge um das Kind ist«, fügte Janet flüsternd hinzu. Wieder drückte John ihre Hand.

»Wir sollten noch etwas trinken gehen, findest du nicht?«, sagte er schließlich, nachdem sie einige Minuten geschwiegen hatten, Schweigeminuten, von denen beide wussten, dass sie nicht zu lange dauern durften, vor allem nicht so nahe am Wasser, mit dieser Brücke im Rücken, die irgendwo hinter der Landzunge Erdteile miteinander verband.

Sie wählten eine kleine Bar, deren Beleuchtung aus Lampions bestand, die die Form von Meerestieren hatten. Seepferdchen, Anemonenfische, Wale und Venusmuscheln baumelten über ihren Köpfen. John bestellte ein Bier, Janet ein Glas Rotwein.

»Fincher macht die Therapie«, sagte John, nachdem der Barkeeper ihnen die Gläser gebracht und noch eine kleine Schüssel mit Erdnüssen auf den Tisch gestellt hatte.

»Er war schon bei der ersten Sitzung.«

Janet atmete tief ein und langsam wieder aus. Die Luft roch gut. John drehte den Kopf und sah seine Frau von der Seite an. Im Profil wirkte sie immer noch so jugendlich, wie damals, als er sie kennen gelernt hatte. Er war Koch gewesen und sie Kellnerin, wobei der Begriff ›Koch‹ nicht sehr weit gefasst war. Das Diner hatte ›19‹ geheißen, John hatte Hamburger gebraten und Pommes Frites frittiert, Janet Kaffee ausgeschenkt. Es hatte nicht sofort geklickt, keine große Liebe von Anfang an – das war erst später gekommen; aber er hatte sie zum Lachen gebracht und es hatte einmal eine Zeit gegeben, da war das genug gewesen, um das Herz einer Frau zu erobern.

»Du siehst immer noch so gut aus«, sagte er. Ein leichter Windstoß brachte die Meerestiere über ihnen zum Schaukeln. Die Bewegung ließ Schatten und Licht in der kleinen Bar miteinander tanzen. Es war, als säßen sie auf dem Grund des Meeres.

»Ich bitte dich.« Janet lächelte ihn augenzwinkernd über den Rand des Glases hinweg an.

»Ich meine es ernst«, sagte er, dann wurde er wieder still und sah auf das Wasser.

»Danke«, sagte sie nach einer Weile.

Der Weile, die sie dazu gebraucht hatte, um es auch nach so langer Zeit noch zuzulassen.

# ELLIS

## I

Als Elisabeth Maria Swoboda die Tür zu ihrem Elternhaus an jenem trüben, warmen Morgen des 18. August 1912 hinter sich schloss und den Schlüssel abzog, waren ihr eine Menge Dinge bewusst, aber nicht der Umstand, dass es das letzte Mal war, dass sie diese Tür zugezogen hatte. Sie wusste auch nicht, dass sie das letzte Mal über die Pflastersteine der Kremsergasse zum Bahnhof ging. Aus irgendeinem Grund hatte sie gedacht, es wäre nur eine Reise, obwohl es von vornherein nicht als solche geplant gewesen war. Sie wusste es nicht, weil Elisabeth Maria Swoboda damals erst zwölf Jahre alt war und der Verstand der heranwachsenden Frau, die sie in Kürze sein würde, sich noch nicht durch das subjektive Empfinden eines Kindes geschliffen hatte. An der linken Hand hielt sie ihren kleinen Bruder. In der rechten trug sie ihren Koffer. Die Eltern gingen voraus – die restlichen Habseligkeiten waren schon am Tag zuvor zum Bahnhof gebracht worden, also hatten sie die Hände frei – und Elisabeths Mutter hatte sich bei ihrem Mann, Elisabeths Vater, eingehängt. Elisabeth würde sich später noch gut an den Beginn der Reise, die keine war, erinnern können. Sie würde sich erinnern können, wie das Klappern der Schuhe auf dem Pflaster geklungen hatte und daran, dass die Straßen leer gewesen waren; es war noch früh am Morgen. Sie würde sich noch gut an den Geruch der Feuer erinnern, die in den Herden der Häuser gerade entzündet wurden.

Ihr kleiner Bruder hatte nicht viel gesprochen, er war verschlafen und seine kleine Hand in ihrer war schlaff gewesen, so, als würde er immer noch träumen. Er hatte seinen Blick zu Boden gerichtet und müde einen Schritt vor den anderen gesetzt. Sie konnte sich erinnern, dass er sie gefragt hatte, ob es weit sei nach Amerika und dass sie seine Frage verneint hatte.

»Weiter als Wien?«, hatte er nachgehakt.

»Nicht viel weiter, nein.«

In der Tasche ihres Mantels hatte sie den Schlüssel zur Wohnung. Elisabeth war verwundert gewesen, dass ihre Eltern ihn stecken gelassen hatten, sie hatten nicht einmal so gewirkt, als würden sie an den Schlüssel denken – ein Umstand, der Elisabeth verwirrte, war der Schlüssel sonst immer ein Gegenstand gewesen, auf den ihre Eltern sehr geachtet hatten. Also hatte sie ihn an sich genommen und in ihrer Manteltasche verschwinden lassen, nachdem sie das Schloss mit einer drehenden Bewegung aus dem Handgelenk heraus versperrt hatte. Sie dachte, die Eltern würden froh sein, vielleicht sogar stolz, wenn sie bei ihrer Rückkehr feststellten, dass Elisabeth den Schlüssel bei der Hand hätte, den sie so achtlos vergessen hatten.

Bloß war an Elisabeth vorbeigegangen, dass dies keine Reise werden würde.

Es war weiter als Wien. Das wurde ihr am dritten Morgen bewusst, an dem sie die Augen aufschlug, geweckt durch das Schlagen einer Tür und weil eines der Babys anfing zu brüllen. Sie hatten noch nicht einmal das Meer erreicht. Sie sah ihre Eltern, wie sie die Köpfe zusammensteckten und leise miteinander sprachen.

Etwas war geschehen im letzten Jahr, etwas, das mit dem Geschäft des Vaters zu tun hatte. Was es gewesen war, wusste sie nicht. Sie wusste nur, der Vater war oft verstimmt gewesen, wütend und leicht reizbar. Andererseits hatte sie ihn nie anders kennen gelernt.

Als sich Triest aus dem Nebel schälte, war sie so erschöpft, dass sie die Aufregung der anderen Passagiere im Großraumwagen kaum wahrnahm.

»Du achtest auf deinen Bruder und auf deinen Koffer und du achtest darauf, dass wir einander nicht verlieren, hast du das verstanden?«

Ihre Mutter bläute ihr diesen Satz wieder und wieder ein, woraufhin Elisabeth wieder und wieder nickte. Der Bruder, der Koffer, die Eltern. Die Reihenfolge war einfach.

Sie hatte nicht damit gerechnet, wie schwer es werden würde, den Anweisungen Folge zu leisten. Auf dem Bahnsteig drängten sich die Leiber so dicht an dicht, dass sie den königsblauen Mantel ihrer Mutter immer wieder aus den Augen verlor. Es war laut und heiß, tausend Stimmen um sie herum, deren Sprachen sie nicht kannte. Ständig verschloss ihr die Menge den Weg und es war schwer, den Kleinen hinter sich herzuziehen, er stolperte unentwegt und seine feuchte, kleine Hand drohte aus ihrer zu rutschen. Er fing an zu weinen und sie packte ihn am Handgelenk, um einen besseren Halt zu haben. Als sie endlich zwischen ihren Eltern auf den Koffern saßen, sah Elisabeth, dass sich ein blauvioletter Ring auf dem Unterarm des Bruders bildete, ein eigentümliches Armband, welches sie ihm verpasst hatte, um ihre Eltern nicht zu verlieren. Er weinte noch immer.

»Es tut mir Leid«, sagte sie und legte einen Arm um seine Schultern. Rotz hing ihm aus der Nase.

»Es ist viel weiter als Wien«, schluchzte er und legte seinen Kopf an ihre Brust.

Als der Vater sah, was sie dem Jungen angetan hatte, schlug er sie ins Gesicht. Keiner der Umstehenden achtete darauf. Sie schluckte die Tränen hinunter. Die Wange brannte.

»Es tut mir Leid«, flüsterte sie wieder.

Das Schiff hieß *Alice*. Sie wusste sofort, sie hatte nie etwas Größeres gesehen, als dieses Schiff. Sie sagten, es sei von Menschenhand geschaffen, aber das glaubte sie nicht. Sie glaubte an Gott und vielleicht hatte Gott die Fähigkeiten, so ein Schiff zu bauen, aber nicht der Mensch. Niemals der Mensch. Es war zu groß.

Obwohl es zu groß war, war es zu klein. Sie schliefen in einem Schlafsaal mit dreißig anderen, der Schlafsaal trug die Nummer fünf. Elisabeth teilte sich das Bett mit ihrem Bruder. Die Mutter lag im unteren Bett des Stockbettes, der Vater im unteren Bett des Stockbettes, das neben ihrem stand. Im oberen Bett des Vaters lag ein junger Mann. Er war blond und schon am Anfang der Reise unrasiert. Sein Name war Fritz, er kam aus Bayern und er war alleine unterwegs. Die meisten Passagiere der dritten Klasse waren junge Männer und die meisten von ihnen waren alleine unterwegs.

»Mutter tot, Vater tot und bald kommt ein Krieg. Ich versuche mein Glück lieber woanders«, sagte Fritz und streckte ihrem Vater zur Begrüßung die Hand entgegen. Ihr Vater ergriff sie zögerlich. An seinem Gesichtsausdruck konnte Elisabeth sehen, dass er Fritz nicht mochte.

Als sie an jenem Abend versuchte einzuschlafen – das Rattern der Schienen war ausgetauscht worden durch ein unheimliches Stampfen, von dem sie nicht wusste, dass es die Schiffsmotoren waren – bemerkte Elisabeth, dass Fritz sie beobachtete. Sie lächelte scheu in seine Richtung. Etwas an seinem Blick gefiel ihr nicht. Sie konnte nicht verstehen, was darin lag. Noch nicht jedenfalls. Noch war sie ein Kind.

Das Schiff nahm Kurs auf Patras. Ihr Bruder wurde krank, dann ihre Mutter.

»Es heißt Seekrankheit«, sagte der Vater, »das vergeht nach ein paar Tagen.«

Sie waren nicht die Einzigen, die von der Seekrankheit befallen wurden. Die Hälfte des Schlafsaals stöhnte und würgte, es stank so erbärmlich, dass sich Elisabeth die meiste Zeit draußen auf dem Deck aufhielt oder in den Gängen, die sich durch das gigantische Schiff wanden. Sie erreichten Patras. Keiner stieg aus, viele stiegen ein.

Fritz war oft in ihrer Nähe. Er erzählte ihr von einem anderen Schiff, eines, das noch größer gewesen war als die *Alice*, so groß, dass man es *Titanic* genannt hatte. Die *Titanic* ist auf ihrer Jungfernfahrt im Eismeer gesunken, erzählte Fritz, und tausende Menschen sind gestorben, sind erfroren im kalten Wasser, ertrunken und von den Haien gefressen worden. Er rauchte eine Zigarette. Als er ihren Blick sah, fing er an zu lächeln. Er hatte schlechte Zähne. Sie standen neben einander an der Reling der Backbordseite, weit vorne schimmerte ein Streifen Land, Italien.

»Du musst dich nicht fürchten, Elisabeth«, sagte er und zog sie an sich heran, »ich bin ein ausgezeichneter Schwimmer. Du musst nur in meiner Nähe bleiben, dann geschieht dir nichts.«

Sie wand sich aus seiner Berührung. Fritz stank aus dem Mund beinahe so sehr, wie es im Schlafsaal stank.

In Palermo stieg keiner aus und Hunderte ein. Das Schiff schien plötzlich zum Bersten gefüllt. Wieder überall Stimmen, deren Sprache sie nicht kannte. Es hörte sich an wie ein nie zur Ruhe kommender Vogelschwarm, egal, wo auf dem Schiff sie war.

Sie ließen die Straße von Gibraltar hinter sich und dann war da nichts mehr als eine weite, graue Platte, die von einem Ende des Horizonts bis zum anderen reichte.

Als sie am Tag darauf von einer ihrer Wanderungen zurück zu den Betten kam, schlief ihr Bruder und die Mutter saß hohlwangig mit angezogenen Beinen auf ihrem zerdrückten Laken.

»Geht es dir besser?«, fragte Elisabeth.

»Ich weiß nicht«, antwortete die Mutter.

Sie waren seit vier Tagen am Schiff. Fritz hatte ihr erzählt, sie würden etwas über zwei Wochen unterwegs sein, wenn alles gut ging und nichts dazwischen kam.

»Ein Eisberg, zum Beispiel«, hatte er gesagt und dann keckernd gelacht, ein Laut, von dem sich die Haare in Elisabeths Nacken aufstellten.

Am fünften Tag machte die Mutter einen kurzen Spaziergang. Sie ging an Deck und streckte ihre Nase in den Wind. Der Himmel war bewölkt geblieben, seitdem sie das Mittelmeer hinter sich gelassen hatten. Der Vater stand neben der Mutter und hielt sie am Ellenbogen. Sie sahen hinaus aufs Meer und flüsterten miteinander, aber Elisabeth konnte nicht verstehen, was sie sprachen. Sie stand zu weit weg.

In jener Nacht bekam der Bruder Fieber. Sie wachte davon auf, dass er zitterte, er hatte sich aus der Decke gewunden, aber selbst mit dem handbreiten Abstand zwischen ihnen konnte Elisabeth spüren, wie heiß sein kleiner Körper war. Er strahlte Wärme ab wie ein Kachelofen. Sie schüttelte ihn, aber er ließ sich nicht wecken. Sie deckte ihn zu und sah, dass seine Stirn schweißbedeckt war. Mit einem Zipfel ihres Hemdchens wischte sie ihm das Gesicht ab. Als sie aufblickte, sah sie, dass Fritz sie wieder beobachtete. Trotz des gelblichen Dämmerlichts der Nachtbeleuchtung war das Weiße in seinen Augen deutlich zu sehen. Er rauchte eine Zigarette und grinste.

»Er ist krank«, sagte Fritz, er deutete mit der Hand, in der er die Zigarette hielt, auf den Bruder. Es klang, als sagte er etwas Lustiges.

Leise stieg sie die Leiter hinunter und weckte ihre Mutter.

Am vierzehnten Tag ihrer Reise nähte man seinen kleinen Körper in einen Sack und zwei Männer warfen ihn über die Reling der *Alice*. Der Sack landete geräuschlos in den hohen

Wellen. Elisabeth sah ihn noch eine Weile im aufgeschäumten Kielwasser auf und ab tanzen, dann verschwand er im graublauen Wasser des Atlantiks. Sie gab sich Mühe, die Tränen schnell aus den Augen zu wischen, damit sie den Sack nicht aus den Augen verlor. Als er endgültig verschwand, schluchzte sie auf und hob die rechte Hand zu einem frenetischen Winken. Sie rief ihm nach, sie rief seinen Namen bis sie heiser war, immer und immer wieder, bis jemand sie an den Schultern packte und von der Reling wegzog, über die sie sich gefährlich weit gebeugt hatte. Sie wehrte sich, aber der Jemand war stärker, umfasste sie an der Hüfte und trug sie zurück in den Schlafsaal. Sie hatte aufgehört zu schreien. Man legte sie in das Bett ihrer Mutter.

Als sie wieder zu sich kam, saß die Mutter neben ihr und hielt ihre Hand. Sie weinte. Elisabeth drehte ihren Kopf und sah den Vater. Er lag mit dem Rücken zu ihnen auf seinem Bett. Irgendwann stand er auf und verschwand wortlos. Als er wiederkam, wurde er von zwei Männern gestützt und sein herabhängender Kopf rollte auf der Brust hin und her. Er stank nach Erbrochenem und Alkohol. Die Männer legten ihn auf seine Pritsche, zogen ihre Hüte vom Kopf und grüßten die Mutter. Sie nickte einmal, bevor sie sich abwandte.

Von diesem Tag an hatte Elisabeth das Bett für sich. Es war plötzlich viel mehr Platz da. Aber Platz ist kein Trost, wenn man den Bruder verloren hat, sondern das Gegenteil davon.

Am 6. September waren sie seit fünfzehn Tagen auf See und hatten Sankt Pölten vor zwanzig verlassen. Der Tag war sonnig, aber es war kühl und beinahe windstill, was neu für Elisabeth war. Sie kannte das Meer nur aufgeschäumt, von einer schweren, bleiernen Farbe gezeichnet, der Himmel darüber meist grau und wolkig. Sie wurde an diesem Tag dreizehn. Die Mutter schob ihr nach dem Aufwachen ein kleines Papierpäckchen zu. Darin war ein Medaillon, darauf abgebildet der Schutzheilige von Sankt Pölten, der Heilige Hippolyt.

»Hippolyt heißt der *Pferdebändiger*«, flüsterte ihre Mutter und fuhr mit der linken Hand über das Haar der Tochter. Elisabeth nickte. Sie dachte an ein Pferd und der Gedanke daran befremdete sie. Sie war schon so lange an diesem Ort, der von Raum und Zeit losgelöst schien, der nur aus Stahl und Eisen bestand, dass ihr alles, was mit Natur zu tun hatte, vorkam wie aus einem Traum. Sie glaubte beinahe nicht mehr an die Existenz fester Erde. Jeder Blick auf das Meer da draußen schien sie eines Besseren zu belehren.

»Eine Kette kaufen wir dir, wenn Vater Arbeit gefunden hat«, sagte die Mutter und drückte ihr einen Kuss auf die Stirn.

»Bis dahin musst du gut darauf aufpassen.«

Elisabeth nickte wieder. Sie drehte das Medaillon auf ihrer Handfläche hin und her, dann packte sie es wieder in das Papier. Sie steckte das Päckchen in ihre Manteltasche, zu dem Schlüssel. Sie hatte ihn mittlerweile so oft angefasst, dass sie seine Konturen im Schlaf hätte nachzeichnen können. Hervorgezogen und angesehen hatte sie ihn nicht mehr, seit er von den anderen unbemerkt in der Kremsergasse in ihrer Tasche verschwunden war. Mittlerweile dachte sie, die Eltern würden böse mit ihr werden, wenn sie erfuhren, dass sie den Schlüssel mitgenommen hatte. Als sie den Blick hob, sah sie Fritz. Er grinste breit, dann machte er einen angedeuteten Bückling.

»Dreizehn«, sagte er, »Jetzt bist du beinahe eine Frau.«

Es klang wieder so, als wäre es etwas Lustiges.

Am Tag darauf, nach dem Abendessen, schickten ihre Eltern sie vom Tisch fort, an dem sie gegessen hatten.

»Geh schlafen«, sagte ihre Mutter, »wir haben noch etwas zu besprechen.«

Die Mutter hatte traurige Augen gehabt, aber sie hatte drei Gläser Wein getrunken und ihre Backen waren leicht gerötet. Der Erwachsenenteil des Abends begann. Ihr Vater wollte Karten spielen, ihre Mutter mit den anderen Frauen reden. Elisabeth erhob sich zögerlich, bedankte sich und wanderte langsam zurück zum Schlafsaal. Erst seitdem ihr Bruder fort war, fiel ihr auf, wie unendlich lange und einsam manche Stunden sein konnten.

Sie erwachte, weil sich eine klebrige Hand unter ihr Nachtkleid schob. Sie hatte nicht bemerkt, dass er die Leiter hochgeklettert war und sich neben sie gelegt hatte. Sie spürte etwas Hartes gegen ihre Oberschenkel drücken.

»Was machst du hier?«, fragte Elisabeth schlaftrunken, einige Sekunden lang dachte sie, er habe sich bloß im Bett geirrt.

»Das, was sich jedes Mädchen wünscht«, flüsterte Fritz, »ich mache dich zu einer Frau.«

Er roch nach Zigarettenrauch und Schnaps. Sie dachte an den Jutesack, der in den Wellen hinter dem Schiff verschwunden war. Sie hob den Kopf. Die Betten ihrer Eltern waren leer.

Als sie die Augen öffnete, dachte sie lange Sekunden an nichts, bevor ihr die vergangene Nacht wieder einfiel. Sie setzte sich auf und sah, dass Fritz' Bett leer war. Elisabeth schlug die Decke zurück und bemerkte den Blutfleck auf dem Laken. Die Mutter lag im Bett des Vaters, aber der Vater war, wie auch Fritz, nicht da. Leise zog sie sich an und ging an Deck. Dort stand sie so lange, bis ihre Hände blau und gefühllos waren. Sie starrte auf die große Leere, die das Äquivalent zu der in ihr darstellte, und ließ zu, dass der Wind ihre Haare zerzauste und die salzige Feuchte ihre Kleidung durchdrang. Elisabeth fühlte nach dem Schmerz zwischen ihren Beinen. Sie sah etwas aus dem Wasser springen und wieder darin verschwinden. Sie sah es noch einmal, dann ein drittes Mal. Ein grauer, glatter Leib durchteilte einem geheimen, unhörbaren Takt folgend das aufgeraute Wasser und es gesellten sich andere Leiber dazu.

»Das ist eine Delfinschule«, sagte ihr Vater. Sie hatte nicht bemerkt, dass er neben sie getreten war.

»Jetzt ist es nicht mehr weit.«

Sie blickte an ihm hoch. Sein Gesichtsausdruck war hart und unfreundlich.

»Das bleibt unser Geheimnis«, hatte Fritz geflüstert, nachdem er fertig gewesen war, »du musst es versprechen.« Sie hatte heftig genickt, in der Hoffnung, er würde dann gehen.

Als sie neben ihrem Vater an der Reling stand und auf die Delfine blickte, die die raue Meeresoberfläche durchschnitten, schämte sie sich mit einem Mal so sehr, dass sie rot wurde. Elisabeth hätte nicht sagen können, weshalb. Sie fühlte sich beschmutzt und sie wusste, etwas hatte sich verändert, für alle Zeiten verändert. Aber was geschehen war, das wusste sie nicht.

Sie konnten das Land noch nicht sehen, es lag hinter einer Wolkenbank, aber es war da. Zumindest dachte sie das, als sie die erste Möwe sah, die den Himmel über dem Deck zerschnitt. So war es doch bei Noah gewesen, so stand es im Alten Testament geschrieben:

*Und die Taube kam um die Abendzeit zu ihm zurück, und siehe, ein frisches Olivenblatt war in ihrem Schnabel.*

Sie erreichten New York nur wenig später. Es war der 11. September 1912.

Nachdem das Schiff auf Ellis Island angelegt hatte, verbrachten sie noch drei Tage auf der *Alice*. Elisabeth war an Deck gestanden und hatte sich die Stadt angesehen, die auf der anderen Seite des Wassers in den Himmel wuchs. Nie hatte sie so etwas gesehen – Schlote, Rauch und Häuser, die ihre kühnsten Vorstellungen übertrafen. Der Geruch war so fremd, dass er ihr beinahe den Atem verschlug. Die Meeresluft war rein gewesen, aber das fiel ihr erst jetzt auf, nachdem sie dieses Land, diese Stadt, diesen Moloch New York erreicht hatten.

Der Vater stand hinter Elisabeth, er hatte beide Hände auf ihre Schulter gelegt. Hinter dem Schreibtisch saß ein Mann, der dem Vater eine Menge Fragen stellte, viele davon betrafen ihren Bruder. Ihre Mutter stand hinter dem Vater, sie sah nervös aus und biss auf ihrer Unterlippe herum. Die Schlange hinter ihnen war so lang, dass Elisabeth sicher war, sie würde niemals ein Ende finden. Wo kamen bloß all diese Menschen her? Weshalb waren sie hier? Wohin gingen sie?

»Das ist Ellis, unsere Tochter«, sagte der Vater und verstärkte den Druck auf ihren Schultern. Der Mann hinter dem Schreibtisch blickte das Mädchen über den Rand seiner Brille hinweg an. Er lächelte nicht.

»Welcome to the United States of America, Ellis«, sagte er, was Elisabeth nicht verstand.

»Das heißt: Willkommen in den Vereinigten Staaten von Amerika, Ellis«, wiederholte er auf Deutsch. Sie nickte.

Der Bruder, der Koffer, die Eltern. So hatte alles angefangen. Obwohl es einfach geklungen hatte, war es undurchführbar gewesen. Der Koffer und die Eltern waren noch da. Ihr Bruder und ihr Name nicht mehr. Wenn der Vater ihre Mutter dabei erwischte, dass sie »Elisabeth« zu ihr sagte, schalt er sie.

»Du bist jetzt Ellis, hast du das verstanden?«, wiederholte er ungeduldig. »Nicht mehr Elisabeth. Wir sind jetzt in Amerika, das ist unser neues Leben.«

Das neue Leben war teuer bezahlt. Aus der Schwester war ein Einzelkind, aus Elisabeth Ellis geworden. Und aus dem Kind eine Frau.

## II

Ellis Mylan, geborene Elisabeth Maria Swoboda, gebar 1928 ihr einziges Kind. Zu diesem Zeitpunkt hatte keiner mehr geglaubt, dass sie jemals schwanger werden würde, am allerwenigsten sie selbst und sie war sich bis zuletzt nicht sicher, ob sie das Kind überhaupt wollte. Es machte alles nur noch komplizierter, als es ohnehin schon war. Ellis war achtundzwanzig Jahre alt und seit fünf Jahren mit einem Kriegsveteranen verheiratet. Er hatte im Ersten Weltkrieg in der Maas-Argonnen-Offensive mitgekämpt und war zu seinem Glück am dritten Tag schwer verletzt worden. Er wurde nach Hause geschickt und verlor sein Leben weder bei den folgenden Kampfhandlungen noch durch die Spanische Grippe, die kurz darauf große Löcher in seine ehemalige Division riss. Er kam zurück nach Amerika, lebendig, aber mit nur einem Auge.

Wenn sich Ellis mit etwas auskannte, dann waren das gröbere Verletzungen. Sie hatte selber genügend erlitten. Deswegen machte ihr ein Einäugiger nichts aus, auch wenn er manchmal Gläser vom Tisch stieß oder gegen Türstöcke lief – vor allem, wenn er zu viel getrunken hatte. Und er trank viel. Er trank, so sagte er, um zu vergessen. Deshalb war der Alkohol doch erfunden worden, oder nicht? Er trank gegen die Bilder der Toten und der Verstümmelten und der, die keiner der beiden Kategorien mehr zugeordnet werden konnten; von denen nicht viel mehr übrig geblieben war, als Fleischbröckchen und Knochensplitter, die über ihm und seinen Kameraden im Schützengraben herabgeregnet waren. Während der Veteran seine Zeit in den Flüsterkneipen verbrachte, sorgte Ellis für ihren Unterhalt. Sie wusch und bügelte fremde Wäsche, sie brachte fremde Kinder zur Schule, sie kochte für fremde Menschen. Am Abend, wenn er nach Hause kam, legte er sich neben sie ins Bett und fing an, zu reden. Sie stellte fest, dass der Alkohol keine große Hilfe beim Vergessen war. Während er redete, drehte sie sich meist auf die andere Seite und starrte die Wand an. Er war immer zärtlich und immer freundlich zu ihr. Wenn er vom Krieg erzählte, in dem er gar nicht so lange gewesen war, hörte sie ihm zu, bis sie nicht mehr konnte, bis sie »Es reicht. Es reicht, ich kann nicht mehr« flüsterte.

Dann verstummte er und fiel in einen tiefen, traumlosen Schlaf.

Vielleicht half der Alkohol nicht beim Vergessen, aber er half beim Schlafen. Er tötete die Träume.

Ihre Eltern hatten in einer Zweizimmerwohnung in einem heruntergekommenen Mietshaus an der Lower East Side gelebt, bis Ellis' Vater 1917 bei einem Verkehrsunfall ums Leben kam und Ellis' Mutter im Jahr darauf an einer rätselhaften Krankheit verstarb.

Zehn Jahre später gebar Ellis eine Tochter und gab ihr ihren eigenen Namen, denn mehr hatte sie nicht, was sie dem Kind geben konnte. Der Veteran liebte die kleine Ellis und noch Ellis V würde Geschichten von der ersten Ellis und ihrem Mann hören, die ihr vor Neid das Herz zerdrückten. Wie konnte es sein, würde Ellis V denken, dass ein alkoholkranker Veteran und eine Putzfrau in einer der schlimmsten Zeiten, die Amerika jemals gesehen hatte, einem Kind so viel mehr Liebe schenken konnten, als sie, Ellis V, von Ellis IV und ihrem unbekannten Vater jemals bekommen hatte?

»Du wirst von mir geliebt«, würde Ellis II darauf sagen. »Und von mir«, würde Ellis III hinzufügen. Ellis IV würde nichts sagen, denn Ellis IV war nicht da.

Ellis II durchlebte eine glückliche Kindheit und Jugend, ein Umstand, auf den sie später viel Wert legte. Denn wie sie zu sagen pflegte: Wer sich gut um eine Pflanze kümmert, der wird reich mit Blüten und Früchten belohnt. Ellis II konnte sich an ein einziges einschneidendes Erlebnis erinnern. 1930 wurde sie von einem Auto angefahren und schwer verletzt. Obwohl ihr jeder die Erinnerung daran absprach, weil sie erst zwei Jahre alt gewesen war und es sich wohl eher so verhielt, dass sie sich die lebendigen Bilder von dem Unfall aus Erzählungen zusammenbastelte, bestand Ellis II bis zu ihrem Tod darauf, jede Sekunde dieses Tages rekonstruieren zu können. Der Unfall geschah am 21. April 1930, der Tag, an dem die *Alice* – nur hieß sie damals nicht mehr *Alice*, sondern *Asia* und fuhr unter brasilianischer Flagge – das Schiff, auf dem ihre Mutter und ihre Großeltern via Triest, Patras und Palermo nach New York gekommen waren, im Roten Meer versank. Es war voll beladen mit Pilgern auf dem Weg nach Mekka gewesen, als das verheerende Feuer an Bord ausbrach.

Die *Alice-Asia* sank, Ellis II wurde wieder gesund.

Ellis II heiratete einen Vertreter für Haushaltsreiniger und sie zogen fort aus New York. Zuerst nach Virginia, dann nach South Carolina, dann unterbrachen sie ihren steten Weg gegen Westen und zogen für ein Jahr nach Maine, bevor sie nach Mississippi und weiter nach Little Rock, Arkansas zogen, wo Ellis II 1950 mit zweiundzwanzig Jahren schwanger wurde und sagte: »Ich hab die Nase voll von Umzügen. Das Kind braucht Sicherheit. Hier bleiben wir.«

Der Vertreter vertrat noch eine Zeit lang die Haushaltsreiniger, dann wurde das Geschäft schlecht und schlechter und schließlich sattelte er um und stieg bei einer Tankstelle ein, die am Ortsende – oder am Ortsanfang, je nachdem von welcher Seite man kam – von Little Rock an der Interstate 40 stand und gut lief. Der Tankstellenbesitzer mochte den Vertreter und der Vertreter mochte den Tankstellenbesitzer. Tatsächlich verhielt es sich sogar so, dass es etwas mehr als Sympathie zwischen den beiden war. Ein Umstand, der Ellis II erst nach einigen Jahren auffiel. Der Vertreter hörte auf, mit Ellis II zu schlafen und Ellis II, die ohnehin beschäftigt genug war mit ihrer Tochter Ellis III und dem Haushalt und den Bridgeabenden mit ihren

Nachbarinnen und damit, die Witze über ihren Ehemann und den Tankstellenbesitzer abzuschmettern, ließ ihren Gatten im Glauben, sie wüsste von nichts. Erst als der Tankstellenbesitzer krank wurde und dann noch kränker und der Vertreter unangemessen viel Zeit beim Tankstellenbesitzer zu Hause verbrachte, erst da fragte sie ihren Gatten, was eigentlich los sei.

Ellis III, ein wunderschönes, blond gelocktes Mädchen von drei Jahren, mit den Augen ihrer Großmutter und den seltsam verdrehten Ohrläppchen ihres Vaters, saß am Schoß des Vertreters als ihre Mutter ihm die Frage stellte, weshalb er denn so viel Zeit mit dem Tankstellenbesitzer verbrachte. »Er stirbt, Ellis, er stirbt und ich kann nichts dagegen tun«, antwortete der Vertreter und brach anschließend in Tränen aus. Sein Weinen war so herzzerreißend, dass Ellis II aufstand, um den Tisch herumging und ihren Mann in die Arme nahm und Ellis III, aus Schreck vermutlich oder um dem Ehepaar etwas Anderes zu tun zu geben, selbst anfing zu weinen. Der Tankstellenbesitzer verstarb kurz darauf – ein Anlass für noch mehr Tränen beim Vertreter und seiner blondgelockten, engelsgleichen Tochter – und vererbte dem Vertreter seine Tankstelle. Erstens gab es keinen anderen, dem er sie hätte weitervererben können und zweitens hatte er den Vertreter sehr geliebt.

## III

Der Vertreter wurde Tankstellenbesitzer und Ellis III wurde eine astreine Tankstellenbesitzertochter. Von früh an lernte sie den Geruch von Treibstoff lieben, mit acht kannte sie alle Automodelle, die auf dem amerikanischen Markt zu finden waren, mit zwölf fing sie an, ihrem Vater auszuhelfen und mit achtzehn, man schrieb das Jahr 1968, trug sie Hosen mit Schlag, ein Band im Haar, war gegen den Vietnamkrieg, kannte Martin Luther

Kings Biographie aus dem Effeff und hatte ihren Geschmack verändert: Statt Limousinen, die sie bis dahin bevorzugt hatte, stand sie nun auf große, geräumige Autos. Denn damit konnte man durchs Land fahren und jeden mitnehmen, der mitgenommen werden wollte.

Ellis II hätte bestimmt »Nein«, gesagt, aber Ellis II war nicht dabei, als ein solcher Wagen auf die Tankstelle einbog, als Ellis III gerade Dienst hatte. Auch der Vater war nicht da. Ellis III, vollbusig, blond gelockt und immer noch mit verdrehten Ohrläppchen ausgestattet, sah aus dem Fenster und erblickte den schönsten Mann, den sie je gesehen hatte. Er fand sie auch schön, aber auf eine andere Art und Weise. Er fand sie so schön, wie er generell alle Frauen schön fand und er fand außerdem, alle Frauen – oder so viele wie möglich – sollten zu spüren bekommen, *wie* schön er sie fand. Ellis III überlegte genau neunzehn Sekunden, als der Schöne sie fragte, ob sie nicht mitkommen wollte, ein bisschen was von der Welt sehen, Little Rock hinter sich lassen, wollte sie denn nicht schon immer nach Kalifornien fahren, ans Meer? Ellis III nahm sich sechzig Dollar aus der Kasse, schrieb eine kurze Nachricht an ihren Vater (*Bin nach Kalifornien, melde mich, sobald ich da bin! Macht euch keine Sorgen! Liebe euch! PS: Hab mir 60 $ geliehen*), sperrte die Tankstelle ab, versteckte die Schlüssel da, wo sie die Schlüssel immer versteckten und setzte sich zu dem Schönen in den Bus.

Sie brauchten ganz schön lange nach Kalifornien, aber das machte ihnen nicht aus. Ellis III entdeckte ihre Sexualität – eine Erfahrung, die keine ihrer Ahninnen jemals in diesem Ausmaß gemacht hatte. Sie konnte alles und durfte alles, sie konnte mit allen und durfte mit allen und es gab niemanden, der etwas dagegen sagen konnte. Kalifornien war warm, die Drogen machten es noch wärmer und die Musik öffnete alle Ohren und damit die Herzen. Sie überwinterten dort, dann fuhr Ellis III zurück nach New York und besuchte das Woodstock Festival – Ellis III war nur mehr lose mit dem Schönen bekannt. Man schlief miteinander, wenn man sich traf, aber mehr war auch nicht. Ellis III kam mit anderen Leuten nach New York. Der Fahrer des Wagens war eine Fahrerin, eine nicht minder schöne Frau, die meist nichts als BHs trug, wenn die Wetterbedingungen es erlaubten und die diese BHs auch gerne mal auszog. Sie war eine ausgezeichnete Autofahrerin, am Liebsten wäre sie Stock Car-Rennen gefahren und Ellis III dachte, sie wäre da bestimmt erfolgreich gewesen, vor allem wenn sie auch bei den Rennen keine T-Shirts getragen hätte. Aber die Autofahrerin war schwarz und sie war eine Frau. Beides, aber vor allem Letzteres, war ein Hindernis, das nicht zu überwinden war. Die Autofahrerin wurde auf dem Weg über den Kontinent zu einer Freundin und in Woodstock gab es Ellis III und die Autofahrerin nur im Doppelpack.

Nach dem Festival reisten sie nach Kanada und nahmen drei junge Männer mit. Man schrieb das Jahr 1969 und die Regierung hatte mit der Lotterie des Todes begonnen. Keiner der jungen Männer sah sich in der Lage, nach Vietnam zu gehen und dort Ohren abzuschneiden oder im Napalmfeuer sein Leben zu verlieren. Zudem sehnten sie sich nach Wildnis und Freiheit und in British Columbia, nahe der kleinen Stadt Golden, blieben sie eine Weile zu fünft in einem Blockhaus am See. Aus der Weile wurde ein Jahr und aus einem der Männer – ein fantastischer Gitarrenspieler – und Ellis wurde ein Paar. Der zweite Winter in Kanada rückte näher. Diesmal waren die fünf besser darauf vorbereitet, aber dennoch regten sich erste Zweifel, ob man so einen Winter im hohen Norden tatsächlich noch einmal wagen sollte. Der erste hatte die Grenzen des menschlichen Seins in der Wildnis (vor allem eines jungen, allzu idealistischen, ahnungslosen Seins) schon gehörig ausgelotet. Während sie sich noch darüber beratschlagten, ob sie nicht doch lieber wieder hinunter nach Kalifornien sollten, in die Sonne und ans Meer, fiel der erste Schnee und kurz darauf der zweite große Schnee und dann waren die Straßen zu und die Entscheidung darüber, ob man nicht doch lieber wieder in den Süden sollte, war ihnen abgenommen worden. Zu Silvester waren wundersamste Nordlichter am Himmel zu sehen und Ellis III kam mit der Autofahrerin in ein Gespräch, ein Gespräch, wie sie es lange nicht mehr geführt hatten. Denn wenn man so lange auf engem Raum beieinander lebt, kommt es dazu, dass man sich nicht mehr viel zu sagen hat. Irgendwann während der Unterhaltung ging Ellis III auf, dass ihre Periode nun schon seit drei Monaten ausgeblieben war. Als sie diese Erkenntnis laut aussprach, hob die Autofahrerin den Kopf und blickte lange und fest in Ellis' Augen: »Wir müssen hier weg«, sagte sie, »du musst zu einem Arzt.«

Der Gitarrenspieler hatte seine Gitarre beiseitegelegt und war blass geworden. Generell war es plötzlich sehr still in der Hütte.

»Ein Baby?«, fragte der Gitarrenspieler, er klang verängstigt.

»Scheiß auf den Schnee«, sagte die Autofahrerin, »wir hauen hier ab.«

Sie packten ihren Krempel in den Wagen, brachten Schneeketten an und die Autofahrerin setzte sich hinter das Steuer. Einer der Männer hatte einen behelfsmäßigen Pflug vorne am Wagen angebracht. Früher hatte er Schiffe zusammengeschweißt, er wusste also, was er tat. Der Schweißer und der andere beschlossen, in dem kleinen Haus am See zu bleiben. Sie hatten immer noch keine große Lust auf Vietnam, egal wie warm und sonnig es dort war. Der Gitarrenspieler brauchte keine Angst zu haben, an der rechten Hand fehlten ihm die ersten zwei Glieder seines Mittelfingers. Er war so geboren worden.

»Ich kann das«, sagte die Autofahrerin und drückte einmal Ellis' Hand, sie saß zwischen der Autofahrerin und dem Gitarrenspieler auf der Vorderbank.

»Vertrau mir.«

Die Autofahrerin ließ Ellis' Hand los, dann legte sie den ersten Gang ein und sie rollten los über den tief verschneiten Weg. Die Autofahrerin hatte Recht. Sie konnte Autofahren. Der Pflug tat sein Übriges und sobald sie den Trans-Canada-Highway erreicht hatten, ging es besser. Langsam zwar, aber es war machbar.

Sie kamen nach Kalifornien. Sie badeten im Meer, sie liefen barfuß am Strand hin und her, bis ihnen die Luft ausging.

»Ich muss nach Hause«, sagte Ellis III an einem Abend zum Gitarrenspieler. Er legte einen Arm um ihre Schultern und sah aufs Meer.

»Dann eben Arkansas«, war seine Antwort. Er riss den Blick vom Horizont los und sah in Ellis' Augen. Sie erkannte, dass er nicht für immer bei ihr bleiben würde. Aber er würde da sein, so lange sie ihn brauchte. Er hatte ein gutes Herz.

Die Autofahrerin brachte sie nach Little Rock. Als Ellis III, gefolgt von der Autofahrerin und dem Gitarrenspieler aus dem Bus auf den ausgeblichenen Asphalt der Tankstelle stieg, die sie vor vier Jahren Hals über Kopf verlassen hatte, fing sie an zu weinen. Ein Mann kam aus der Tankstelle und zunächst erkannte sie ihn nicht, denn er war grau geworden. Er jedoch wusste auf Anhieb, wer diese junge, blonde Frau mit dem schon deutlich sichtbaren Bäuchlein war. Die Erkenntnis ließ bei Ellis III nicht lange auf sich warten und sie fielen einander schluchzend in die Arme. Ellis III stellte ihrem Vater die Autofahrerin und den Gitarrenspieler vor und der Vater lud beide ein, zu ihnen nach Hause zu kommen.

Ellis II war außer sich vor Wut und vor Freude. Wut, weil das Kind sie einfach so verlassen hatte, Freude, weil es einfach so wieder zurück gekommen war.

Ellis III erwarteten traurige Nachrichten. Der Veteran, der 1952 an einem Leberversagen gestorben war, lag nicht mehr allein in seinem kalten Grab – ihre Großmutter, die erste Ellis, war ihm 1971 gefolgt. Still und leise war sie in ihrem Bett verstorben und Ellis II würde sich lange nicht verzeihen, nicht dabei gewesen zu sein. Die erste Ellis war in New York geblieben, kein Bitten und Betteln ihrer Tochter hatten sie zu einem Umzug bewegen können.

»Was soll ich da?«, hatte die erste Ellis immer wieder gesagt, »ich hab mein Leben lang in einer Stadt gewohnt.« Es blieb bei gegenseitigen Besuchen. Telefonate, die zeitlich abgestimmt werden mussten, denn die erste Ellis weigerte sich konsequent, ein Telefon zu erwerben und war nur zu erreichen, wenn man sie in dem Diner anrief, das im gleichen Haus im Erdgeschoss lag. Als die erste Ellis zu einem verabredeten Gesprächstermin nicht da war, bat Ellis II den Besitzer des Restaurants, nach oben zu gehen und nach ihrer Mutter zu sehen. Sie war vermutlich ein oder zwei Tage zuvor gestorben, denn ihr Leichnam war erkaltet und die Totenstarre hatte sich schon wieder gelöst. Einzig tröstlich an ihrem Ableben blieb, dass es offenbar schmerzlos und von ihr unbemerkt vonstatten gegangen war. Sie hatte einfach die Augen zugemacht und war nicht mehr aufgewacht. Es würde für immer unbekannt bleiben, wovon sie geträumt hatte, als sie gestorben war. Vielleicht von den grauen Wassern des Atlantiks, vielleicht vom Kopfsteinpflaster der Kremsergasse, vielleicht von einem Schlüssel.

Ein Leben geht, ein Leben kommt, dachte Ellis II, als sie ihre schwangere Tochter über den Tod der Großmutter hinweg tröstete.

»Hör auf zu weinen«, sagte sie zu Ellis III, »Tränen machen das Blut deines Kindes bitter.«

Der Gitarrenspieler zog mit Ellis III in ihr altes Kinderzimmer, die Autofahrerin bekam das Gästezimmer. So lebten sie alle unter einem Dach, bis Ellis IV das Licht der Welt erblickte und sie lebten noch länger so, Ellis IV eingebettet in einen scheinbar willkürlich zusammengeworfenen Haufen von Menschen, der sie bedingungslos liebte. Die Autofahrerin fing an, aushilfsweise bei der Tankstelle zu arbeiten. Sie war nicht nur eine gute Autofahrerin, sie war auch nicht untalentiert, was die Mechanik betraf und der Tankstellenbesitzer stellte sie schließlich an. Die Autofahrerin zog irgendwann in eine Wohnung, die näher bei der Tankstelle lag. Der Gitarrenspieler spielte auf seiner Gitarre für Ellis IV. Es dauerte vier Jahre und drei Monate, dann nahm der Gitarrenspieler seine Gitarre und verließ die drei Ellises und den Tankstellenbesitzer. Sie hörten erst Monate später von ihm. Er schrieb, er habe Arbeit gefunden, er sei in New Orleans und würde für sein Gitarrenspiel endlich bezahlt. Als Beweis hatte er fünf 50-Dollar Noten in den Umschlag gepackt.

Der Gitarrenspieler war ein Vater, der sein Kind nicht oft zu Gesicht bekam, aber er vergaß es niemals. Ab und zu fuhr Ellis III mit Ellis IV nach New Orleans. Sie lernten seine neue Frau kennen, sie lernten seinen Arbeitsplatz kennen, sie lernten New Orleans kennen. Manchmal kam der Gitarrenspieler nach Little Rock, dann spielte er für alle Gitarre und hatte eigentümliche Geschenke für jeden dabei; Ohrringe aus Krokodilzähnen und kleine Täschchen aus Schlangenleder oder Flöten aus Flamingobeinknochen.

Die Tankstelle ging gut und als Ellis IV zehn Jahre alt war, man schrieb das Jahr 1982, kaufte ihr Großvater eine zweite Tankstelle in Pine Bluff. Die Autofahrerin blieb in Little Rock und kümmerte sich um die erste Tankstelle, die anderen zogen nach Pine Bluff. Einmal in der Woche fuhr der Tankstellenbesitzer die achtundzwanzig Meilen nach Little Rock und trank ein Bier mit der Autofahrerin und als Ellis IV zwölf war, kam er mit einer Einladung zu einer Hochzeit wieder. Die Autofahrerin heiratete einen Mechaniker und bekam ein Jahr darauf ein kleines Autofahrermechanikergeniekind. Sie nannten ihn Enzo, nach Enzo Ferrari.

## IV

1989 kam Ellis IV von ihrem Abschlussball nach Hause. Sie war sturzbetrunken und in ihrem Unterleib fing ein unheilvoller Teilungsprozess an. Ihr Ei und das Sperma eines Footballspielers, dem weder viel an Ellis IV lag, noch daran, Verantwortung zu übernehmen, begannen ihren seltsamen Tanz, der zu beständiger Expansion in Ellis IVs Unterleib führte. Ellis IV war verzweifelt. Sie wollte das Kind weggeben, aber da hatte sie sich geschnitten und nicht mit Ellis II, Ellis III, dem Gitarrenspieler und dem Tankstellenbesitzer gerechnet.

»Meine Zukunft!«, lamentierte Ellis IV, sie schlug in Tränen aufgelöst mit der Faust auf den Tisch.

»Deine Zukunft ist in dir!«, war die Antwort, die ihr unisono aus den Mündern ihrer Eltern und Großeltern entgegenschallte.

Aber Ellis IV war nicht dumm. Wenn sie das Kind nicht weggeben konnte, dann konnte sie immer noch gehen. Und das tat sie. Sie gebar Ellis V (nicht eine Sekunde hatte sie an die Namenswahl ihres Kindes verschwendet, das hatten ihre Mutter und Großmutter übernommen), sie verbrachte zehn Tage im Wochenbett, dann packte sie eine Tasche und verließ das Haus in der Port Road in der Dämmerung eines Maimorgens und verschwand, ihrem Vater nicht unähnlich. Aber sie war härter als der Gitarrenspieler und in den kommenden Jahren würde sie nur selten nach Hause kommen und Ellis V dann beäugen, als wäre sie ein exotisches Tier. Sie würde vorsichtig sein und ihr weder körperlich noch emotional näher kommen, als sie es bei Grizzlybären tun würde.

Ellis IV war keine gute Mutter im diesem Sinn. Es ist nicht ganz klar, ob das daran lag, dass der Gitarrenspieler so früh von zu Hause weggegangen war oder daran, dass Ellis IV ein Kind der 1980er war oder daran, dass Madonna mit *Papa don't Preach* neue Maßstäbe gesetzt hatte oder daran, dass das neue Zeitalter des Egoismus eingesetzt hatte oder einfach daran, dass Ellis IV zu jung und eine jener Frauen war, die mit Mutter-Sein nicht so viel am Hut hatten. Ellis IV konnte andere Dinge gut und sie hatte die Härte ihres Ururgroßvaters in sich, der damals mit seiner kleinen Familie auf der *Alice* in die USA gekommen war. Ellis IV ging nach New York, sie verlobte sich mit einem älteren Mann, der ein Vermögen an der Wall Street gemacht hatte. Ellis V wäre ihrem anderen, neuen Leben in der großen Stadt im Weg gestanden, weshalb sie versuchte, Ellis V zu vertuschen wie einen Schönheitsfleck – Schönheit zwar, aber doch ein Fleck.

## V

Ellis V war als Kind blond, aber je älter sie wurde, desto mehr dunkelte ihr Haar nach. Das lag vermutlich daran, wie Ellis III betonte, dass ihr Opa, der Gitarrenspieler, ein wenig Sioux-Blut in sich getragen hatte. Ellis V wurde schwarzhaarig. Sie hatte helle Augen, nicht ganz blau, nicht ganz grau, nicht ganz grün – irgendetwas dazwischen und ihre Ohrläppchen waren gerade, im Gegensatz zu denen ihrer Großmutter oder ihres Urgroßvaters. Von ihrem Großvater hatte sie den einzigen Makel, sofern man das so nennen konnte. Ellis V fehlte ein Glied: Der kleine Zeh ihres linken Fußes war irgendwo im Prozess ihrer Entstehung verloren gegangen. So, als hätten die Baumeister der Gene in diesem Wunderwerk eine Tür oder eine Treppe vergessen.

Die Mischung machte es aus, dass Ellis V zu einer ansehnlichen Person heranwuchs. Die Urgroßmutter, Ellis II, wollte sie nicht aus dem Haus gehen lassen und schon gar nicht auf irgendwelche Feste wo junge Männer waren. Die Geschichte mit Ellis IV hatte ihnen allen einen gehörigen Schrecken eingejagt, auch wenn der Schrecken sehr geliebt wurde und sich keiner von ihnen ein Leben ohne ihm vorstellen konnte. Ellis V war auf ihre Art schön – in ihr lebten Ahnen aus den unterschiedlichsten Genpools und das konnte man sehen. Ellis V war klug, eine Klugheit, wie man sie nur bei älteren Frauen findet, was vermutlich daran lag, dass sie von ihrer Großmutter und ihren Urgroßeltern aufgezogen wurde, die alle schon mit einer gewissen Ruhe an das Unterfangen der Kindererziehung herangegangen waren. Die Autofahrerin und ihr Mann fungierten als Tante und Onkel und Enzo als verlängerter großer Bruder. Der Großvater, der Gitarrenspieler mit dem halben Mittelfinger, war enttäuscht von seiner Tochter – hatte er doch ein ganz anderes Leben geführt und ganz andere Grundsätze vertreten und lange Jahre, bis zu seinem Tod, würde er sich einen Vorwurf machen, dass Ellis IV so geworden war, wie sie eben geworden war. Es brachte nichts, dass Ellis III ihm in langen Telefongesprächen und bei den jeweiligen Besuchen immer wieder einbläute, dass er ein großartiger Vater gewesen war und sie eine großartige Mutter – nicht alles wird so, wie man es sich vorstellt und das Wichtigste, wie Ellis III immer sagte, das Wichtigste sei, dass ihre Tochter glücklich war. Keiner wusste, ob Ellis IV wirklich glücklich war, man sah sie zu selten und wenn man sie sah, war sie wortkarg. Aber sie sah gut aus, sie trug teure Schuhe und teure Kleider und sie fuhr einen silbernen Mercedes, bei dessen Anblick die Autofahrerin einen beeindruckten Pfiff durch die Zähne ausgestoßen hatte.

Manchmal aber ist es so, dass man vor allem dann gut aussieht, wenn es einem ganz besonders schlecht geht.

Nachdem Ellis IV an jenem Maimorgen 1990 ihr Elternhaus gerade mal achtzehnjährig verlassen hatte, war sie zunächst verzweifelt gewesen, aber die Verzweiflung hatte sich mit den Kilometern, die sie hinter sich brachte, gelegt. New York, dieser gigantische Schlund, der niemals zu schlafen schien, dieses von Menschen erschaffene Monstrum, brachte genau die Wohlfühlzone, die eine junge, gut aussehende Frau brauchte. Erstens war New York voller Männer, zweitens war New York voller Geschäfte und drittens war New York voller Bars, in denen man Männer kennen lernen konnte, die das Geld mitbrachten, um in die Geschäfte zu gehen.

Und so kam es, dass Ellis IV bei einem Mann landete, der schon früh ergraut war und mit achtunddreißig aussah, als ginge er auf die fünfzig zu. Sie zog zu ihm in sein Apartment in der Upper East Side und das Drama begann. Äußerlich gesehen fehlte es Ellis IV an gar nichts. Innerlich war sie die Orchidee, die man vergaß, zu gießen. Pflanzen ohne Wasser machen es in der Regel nicht sehr lange, außer sie werden der Familie der Kakteengewächse zugeordnet (*Cactaceae*, erfuhr Ellis IV, als sie einmal in einer Buchhandlung in einem Pflanzenbuch blätterte). Ellis IV beschloss, nur mehr nach außen die Orchidee zu sein, die sie war, innen wurde sie eine *Cactaceae*.

Man schrieb das Jahr 2001. Ellis IV lag im Bett und blätterte in einem Buch über Inneneinrichtung, ein Hobby, das eigentlich schon eher einem Beruf ähnelte, sie hatte mittlerweile schon mehrere Wohnungen umdekoriert, meist Wohnungen anderer Orchideen, die von weiteren reichen Männern gegossen oder eben nicht gegossen wurden. Es war hart, dieses Leben als Pflanze. Keiner konnte die Schreie nach Wasser hören, beachtet wurde man nur für seine Blüten, belohnt nur dafür, wenn man unendlich blühte und welche Pflanze blühte schon unendlich und vor allem – welche Frau tat das? Sie sah auf und blickte aus dem Fenster. Eine Taube durchschnitt die Luft und landete neben einer zweiten, die auf einem Fenstersims des Hauses auf der anderen Straßenseite Platz genommen hatte. Aus irgendeinem Grund, den sie später nicht mehr wissen würde, dachte sie an ihre Urgroßmutter, die vor so vielen Jahren mit ihren Eltern in die USA gekommen war. Sie war sich nicht sicher, aber sie glaubte sich daran erinnern zu können, dass die erste Ellis einen Bruder gehabt hatte, der auf der Überfahrt gestorben war, ein kleiner Junge, vielleicht fünf oder sechs Jahre alt. Sie dachte daran, wie tragisch das war: Ein Junge, der starb noch bevor er überhaupt die Möglichkeit gehabt hatte, einen deutlich sichtbaren Fußabdruck in der Welt zu hinterlassen. Als sie das dachte, sah Ellis IV, wie die Tauben mit einem Mal aufstoben, so als hätte sie etwas erschreckt und Sekunden später (verzögert natürlich, denn das menschliche Empfinden ist um so viel stumpfer als das aller anderen Wesen, die auf diesem Planeten herumirren – genau, sie dachte *herumirren*, es war eigentlich kein konkreter Gedanke, es war nur einer von diesen elektrischen Impulsen, die das menschliche Gehirn manches Mal willkürlich in den Äther pfeffert) hörte sie den Knall. Der Knall ließ sie zusammenzucken und sie dachte: *Was haben sie eigentlich mit der Leiche des Jungen dort draußen auf dem Meer gemacht?* Noch während sie das dachte, hatte sie die Decke zurückgeworfen und war ans Fenster des Schlafzimmers gelaufen um nachzusehen, was geschehen war. Ein Unfall? Aber dafür war der Knall zu laut gewesen. Die Sekunden tröpfelten dahin und sie dachte nichts, sie sah auf die Straße hinunter, die Menschen waren stehen geblieben, die Autos waren stehen geblieben und alle blickten in eine Richtung, nach Süden. Dann hoben die Sirenen an, ein artifizielles, drohendes Klagen, das Unheilvolles versprach. Es war der Morgen des 11. Septembers.

Die nächsten Tage und Wochen waren Wochen und Tage der Betäubung. Die Stadt ein sterbender Titan. So wie die Türme mit diesem die Erde zerreißenden Ächzen in sich zusammenstürzten und Leere und Hinterbliebene und Traumatisierte hinterließen, so geschah etwas mit der *Cactaceae*. Sie blühte auf. Sie erkannte, dass alles auf dieser Welt miteinander in Verbindung stand. Ellis IV sah die Verbindungen wie Spinnenfäden an einem Herbstnachmittag in der Sonne, sie erkannte, dass es einen unheimlichen aber sicheren Rhythmus gab, einen Herzschlag, etwas, das man weder sehen noch angreifen noch hören konnte, dessen Existenz aber nicht zu verleugnen war. Es war kein Zufall gewesen, dass sie an den Bruder ihrer Urgroßmutter gedacht hatte, als das erste Flugzeug in den Nordturm geflogen war. Es war kein Zufall, dass sie gedacht hatte, er habe keine Möglichkeit gehabt, eine Fußspur in der Welt zu hinterlassen, denn Tage später kam sie darauf, dass das gar nicht stimmte, dass das nicht der Wahrheit entsprach – hatte nicht *sie* am Morgen des 11. Septembers an *ihn* gedacht? Obwohl dieses Kind schon beinahe hundert Jahre tot war?

Der 11. September veränderte die Welt und der 11. September veränderte Ellis IV. Alles stand miteinander in Verbindung und Kakteen haben die schönsten Blüten. Vielleicht lag es auch daran, dass Ellis IV in den Tagen nach dem Anschlag mit allen sprach: Sie telefonierte mit ihrem Vater, der krank vor Sorge nach seinem fünfzigsten Versuch sie zu erreichen in haltloses Schluchzen ausbrach, als sie endlich ihr Telefon abhob. Sie konnte es nicht sehen, aber der Gitarrenspieler vergrub seinen Kopf in der Beuge seines linken Ellenbogens und sie verstand ihn kaum, als er wieder und wieder schluchzte: »Ich dachte, ich dachte, ich dachte« – du wärst tot, so endete dieser Satz. Obwohl er ihn nie aussprach, wusste Ellis IV genau, was er gedacht hatte (*Alles ist verbunden!*). Sie telefonierte mit ihrer Mutter, Ellis III, die nach einem erleichterten »Ich glaube nicht an Gott, aber ich danke ihm!« auf Lautsprecher schaltete und sie alle, Ellis II, Ellis III, Ellis V und der Tankstellenbesitzer mit Ellis IV sprachen, sich über die Katastrophe unterhielten, darüber, wie es ihr ging, ob sie etwas brauchte und schließlich, ganz am Ende der Unterhaltung stellte ihre Mutter die Frage, ob sie denn nicht eine Weile *nach Hause* kommen wolle, weg von dem so schwer verwundeten Moloch. Weg von dem Staub und der Trauer und der Verwundung. Nachdem Ellis IV aufgelegt hatte, wandte sie sich um nach ihrem Gatten, dem grauen Wallstreetbanker. Er stand an der auf Hochglanz polierten Arbeitsplatte ihrer hypermodernen Küche und trank ein Glas Wein obwohl es erst zwölf

Uhr Mittags war. Ellis IV stellte fest, dass ihre Flucht ein Ende gefunden hatte. Es war an der Zeit, sich um Verbindungen zu kümmern. Sie begann damit, indem sie eine kappte.

»Ich verlasse dich«, sagte sie zu ihrem Mann.

Arkansas hatte sich verändert und Ellis V war elf Jahre alt. Als Ellis IV aus ihrem Wagen stieg – mittlerweile ein nachtblaues BMW 3er Coupé – schmiegte sich Ellis V an den Busen von Ellis III und betrachtete ihre Mutter argwöhnisch.

»Ist das meine Mom?«, fragte sie Ellis III, und Ellis III drückte das Kind an sich und flüsterte: »Das ist deine Mom.«

»Heißt sie auch Ellis?«

»Ellis«, sagte Ellis IV zu dem Kind auf dem Schoß ihrer Mutter, »wir sind alle Ellis. Alles ist verbunden.« Das klang reichlich bescheuert in den Ohren von Ellis V aber in den Ohren von Ellis III klang es neu, gut und richtig und sie zog überrascht die Augenbrauen hoch.

Ellis IV blieb einige Wochen, aber die Beziehung zwischen Ellis V und ihrer Mutter erwärmte sich nur langsam. Dann fuhr Ellis IV nach New Orleans, um ihren Vater zu besuchen. Sie blieb beinahe ein halbes Jahr in New Orleans, bevor sie nach Pine Bluff zurückkehrte. Zwar fuhr sie immer noch den BMW, aber sie sah verändert aus, sie kleidete sich beinahe so, wie ihre Mutter Ellis III gekleidet gewesen war, als sie Little Rock 1968 mit dem Schönen verlassen hatte.

»Ellis!«, rief Ellis V, als Ellis IV in einem langen, geblümten Rock und mit einem Tuch im Haar aus ihrem Wagen stieg.

»Ich hab dir etwas mitgebracht, kleine Ellis«, sagte Ellis IV und überreichte dem Kind ein Päckchen. Die kleine Ellis war mittlerweile zwölf und so langsam schabte sich ihr scharfer Verstand aus der enger und enger werdenden Sicht eines Kindes.

»Mit Geschenken wirst du auch nicht gut machen, dass du mich alleine gelassen hast«, war die trotzige Antwort von Ellis V, »und übrigens, wo ist mein Dad?«

Tja, wo war Dad? Eine gute Frage. Eine Frage, die die Autofahrerin beantworten konnte, aber die Antwort darauf war nicht sonderlich erfreulich. Sie beinhaltete einen Beinbruch, eine lange, trudelnde Abwärtsreise auf den Boden unzähliger Whiskeyflaschen und einen heruntergekommenen Wohnwagen plus dem Gerücht, er wäre ein Cook geworden, der nur eine Speise kannte: Chrystal Meth. In dem Päckchen, das Ellis IV mitgebracht hatte, war eine Flöte aus Flamingobeinknochen, genau so eine, wie Ellis IV sie einmal von ihrem Vater bekommen hatte. Ellis V wickelte die Flamingobeinflöte aus dem Papier, drehte und wendete sie eine Zeit lang in ihren kleinen Händen bevor sie ihre grau-blau-grünen Augen in die ihrer Mutter hob und altklug: »Im Westen nichts Neues« sagte.

»New Orleans liegt im Süden«, antwortete Ellis IV darauf.

»Mein Grandpa hat mir so eine schon mitgebracht.« Ellis V legte die Flöte auf den Tisch, der auf der Veranda stand, »Wo warst du schon wieder so lange?«

Ellis IV umfasste ihre Schultern mit beiden Armen, gleich so, als wäre ihr kalt.

»Wie geht's in der Schule, kleine Ellis?«

»Interessiert es dich wirklich?«

»Nein«, antwortete Ellis IV nachdem sie sich eine Zeit lang schweigend betrachtet hatten. Der Begriff dafür war zwar eher ›taxiert‹, aber er existierte noch nicht im Wortschatz des Kindes.

Fakt war: Es ging fabelhaft in der Schule. Ellis V lernte sehr gut und das Lernen machte ihr Spaß.

»Was willst du werden, wenn du groß bist?«, fragte Ellis IV schließlich, bloß um irgendetwas zu fragen und vor allem deshalb, weil sie auf der ganzen Fahrt von New Orleans nach Pine Bluff darüber nachgedacht hatte, was sie selbst eigentlich werden wollte, wenn sie groß war. Obwohl sie mittlerweile dreißig war, hatte sie sich immer noch nicht so richtig entschieden. Sie spürte, ihre Zeit als Orchidee und Innenausstatterin war vorbei und damit irgendwie auch ihre Zeit als *Cactaceae*.

»Nicht du«, sagte Ellis V nach kurzem Überlegen, dann stand sie von ihrem Stuhl auf, hopste über die Treppen, lief an Ellis IV vorbei und weiter die Straße hinunter, um eine Freundin zu besuchen. Ellis IV blickte ihr lange nach und begriff: Ellis V war kein Kind mehr. Es erleichterte Ellis IV auf absurde Art und Weise. Sie hatte nie gut mit Kindern gekonnt. Dennoch versetzte es ihr einen Stich, als sie die Flöte neben dem Papier auf dem Tisch sah. Hier lag der Beweis, dass es wenig bis nichts gab, was sie ihrer Tochter noch geben konnte.

Elisabeth Maria Swoboda, die zu Ellis geworden war, hatte niemals eine Kette zu dem Medaillon geschenkt bekommen. Es war ein leeres Versprechen der Mutter geblieben, ihr eine zu kaufen, sobald der Vater Arbeit fand. Die erste Ellis hatte in jungen Jahren alles verloren, was ihrem Leben Sicherheit gegeben hatte: Ihre Heimat, ihren Bruder, ihre Freundinnen, ihre Sprache, ihre Jungfräulichkeit und auf eine ganz geheime, undurchsichtige Art und Weise auch ihre Eltern, und zwar noch lange, bevor sie wirklich gestorben waren. Es gab nur zwei Dinge, die sie nicht verloren hatte: Den Schlüssel zu dem Haus in der Kremsergasse und das Medaillon vom Heiligen Hippolyt.

Als Ellis II den Vertreter heiratete und aus New York fortzog, begann Ellis diese beiden Dinge immer öfter aus ihrem Versteck auf dem obersten Regal hinten im Kasten hervorzuholen und zu betrachten. Es war, als würden die beiden Gegenstände zu Ellis sprechen, in dieser harschen Sprache, die ihr nach so vielen Jahren nun ein wenig fremd erschien. Als Ellis II die Nachricht verkündete, dass ein Kind auf dem Wege sei, beschloss Ellis, ein Erbe abzugeben, mit dem sie sich nicht mehr auseinandersetzen konnte. Sie wusste, sie würde niemals wieder einen Fuß in diese Stadt auf der anderen Seite des Atlantiks setzen. Die erste Ellis war fünfzig, als Ellis III geboren wurde und als sie ihre Tochter und Enkeltochter in Little Rock besuchte, überreichte sie

Ellis II ein Päckchen und fing an, ihr die Geschichte von einem Mädchen zu erzählen, das eine Tür abgesperrt hatte und mit seinem Bruder an der Hand über die Kremsergasse zum Bahnhof marschiert war. Sie ließ nichts aus. Auch nicht die Sache mit Fritz. Ellis II hatte mit der gerade drei Tage alten Ellis III im Arm im Bett gelegen und ihrer Mutter gelauscht. Sie hatten beide geweint und als die erste Ellis ihre Erzählung schließlich beendete, blickten sie auf Ellis III und wussten, dass alles gut war.

Als Ellis III von ihrer langen Reise kreuz und quer über den nordamerikanischen Kontinent schwanger nach Hause kam – die erste Ellis war kurz zuvor an einem Schlaganfall gestorben – und einige Monate später mit Ellis IV niederkam, wusste Ellis II, was zu tun war. Obwohl sie die Tür zu dem Schlüssel nicht kannte und der Heilige Hippolyt keine Bedeutung für sie hatte (noch viel weniger diese Stadt mit dem so schwer auszusprechenden Namen *Saintpolden*) wusste sie, dass sie die Aufgabe hatte, eine Geschichte zu erzählen. Ellis III lag in ihrem Bett, sie hielt Ellis IV im Arm und Ellis II suchte das Päckchen, das sie im Geheimfach ihrer Schmuckschatulle für zweiundzwanzig Jahre aufbewahrt hatte. Als sie das vergilbte Stück Papier in die Hand nahm, spürte sie einen Moment lang ein eigenartiges Pochen in ihrem Körper. Sie schob es auf darauf, dass sie nicht gefrühstückt hatte und ihr Blutzucker in den Keller gerasselt war. Das Papier, in dem der Schlüssel und das Medaillon eingewickelt waren, war das Papier, in dem die Mutter von Elisabeth Maria Swoboda das Medaillon eingepackt hatte, bevor sie es ihrer Tochter an Bord der *Alice* zum dreizehnten Geburtstag überreichte. Das Papier war beinahe so alt wie Ellis II und Ellis III zusammen. Ellis II betrat das Zimmer ihrer Tochter, sie betrachtete einen Moment lang ihr Kind und ihr Enkelkind, wie sie zusammen im Bett lagen und bat den Gitarrenspieler, der auf dem Schaukelstuhl daneben gesessen war, sie alleine zu lassen. Der junge Mann verließ das Zimmer und Ellis II nahm am Rand des Bettes Platz. Sie begann ihre Geschichte mit einem Mädchen, das einen Schlüssel aus einer Tür zog. Sie ließ nichts aus. Auch nicht die Sache mit Fritz. Wie Ellis II weinte auch Ellis III, als sie ihrer Mutter zuhörte. Sobald Ellis II verstummt war, blickten beide auf Ellis IV, die selig im Arm ihrer Mutter schlief und sie hörten den Gitarrenspieler draußen auf der Veranda eine Melodie zupfen und die Autofahrerin in der Küche mit Töpfen hantieren und sie wussten, dass alles gut war.

Das Päckchen wanderte in eine alte Zedernholzschachtel, in der Ellis III Erinnerungen aus ihrem Leben aufbewahrte. Da war die Feder eines Weißkopfadlers, die ihr der Gitarrenspieler geschenkt hatte, ein blattförmiger, grünlicher Stein, den sie am ersten Tag in dem Blockhaus bei Golden, B.C. gefunden hatte, eine Locke von dem Schönen, drei Fotos, eine Setliste vom ersten Tag des Woodstock Festivals, ein getrocknetes Ahornblatt, ein kleines Marmeladeglas mit Sand aus Kalifornien, ein ausgeblichenes, rosarotes Haargummi von dem sie nicht mehr wusste, welche Bedeutung es hatte, ein Plektrum, das ihr Paul Butterfield geschenkt hatte, einige Autosammelkarten, die sie in ihrer Kindheit angehäuft hatte und der Schädelknochen einer Spitzmaus. Ab und zu betrachtete Ellis III diesen Haufen, aber das Päckchen mit dem Schlüssel und dem Medaillon war das Einzige, das sie öfters in die Hand nahm, auswickelte und ausgiebig betrachtete. Der Schlüssel war riesig im Vergleich zu denen, die sie kannte. Er wirkte europäisch, sofern das für einen Schlüssel möglich war. Das Metall des Medaillons war angelaufen und fleckig geworden, aber der Heilige Hippolyt darauf noch gut zu erkennen.

Ellis III wusste, es war ihre Aufgabe, das Päckchen eines Tages an Ellis IV weiterzugeben, aber als Ellis IV mit Ellis V niederkam war es anders, als es bei den vorherigen Malen gewesen war. Denn Ellis IV verließ die Familie und ihr Kind, um in New York den Weg zu verlieren und das Zeitfenster, um

Ellis IV im richtigen Moment in die Geschichte einzuweihen, verschloss sich für immer.

Als Ellis V an jenem Tag, als Ellis IV aus New Orleans zurückkam, an ihrer Mutter vorbeihopste und die Flöte achtlos auf dem Tisch liegen ließ, beschloss Ellis III ihrer Tochter die Geschichte zu erzählen. Besser spät als nie, dachte Ellis III und öffnete die Fliegengittertür. Ellis IV stand neben ihrem Wagen und sie wirkte, als überlege sie sich, einfach wieder einzusteigen und fortzufahren, so wie sie es schon so oft gemacht hatte, so wie es am Einfachsten war.

»Nimm dir das nicht so zu Herzen«, sagte Ellis III und der Kopf von Ellis IV flog herum. Sie betrachtete ihre Mutter einen Moment lang. Sie sieht immer noch jugendlich aus, dachte sie, viel jugendlicher, als Ellis IV sich fühlte. Wie kann das sein, fragte sich Ellis IV verzweifelt, wie ist das möglich, dass die eigene Mutter jünger ist als man selbst?

»Die Kleine fängt eben an, Fragen zu stellen, das ist alles.«

Ellis IV seufzte, dann stieg sie die Treppen zur Veranda hoch und nahm an dem Tisch Platz. Sie wickelte die Flöte wieder in das Papier.

»Möchtest du einen Eistee?«

Ellis III wartete die Antwort ihrer Tochter nicht ab, sondern brachte einfach einen Krug und zwei Gläser. Sie konnten die Eiswürfel knacken hören, es war ein heißer Tag.

»Wie war New Orleans?«, fragte Ellis III und Ellis IV schenkte ihnen ein und nahm einen Schluck.

»New Orleans ist eine tolle Stadt«, sagte Ellis IV und nahm noch einen Schluck.

»Ich mochte sie auch immer.« Ellis III lehnte sich in ihrem Stuhl zurück und legte die Hände in den Schoß

»Vielleicht sollte ich dorthin gehen«, fuhr die Tochter fort, »vielleicht sollte ich auch Musikerin werden, so wie Dad.«

»Wir sollten uns unterhalten«, unterbrach Ellis III die Gedanken ihrer Tochter und Ellis III konnte sehen, wie sich etwas in Ellis IV verspreizte.

»Es geht um Ellis«, sagte Ellis III und stand auf.

Ellis IV seufzte, dann blickte sie zur Seite auf die Straße. Eine leichte Brise brachte die Blätter der Bäume zum Rascheln. Sie biss sich auf die Unterlippe.

»Ich meine, es geht um die erste Ellis«, fügte die Mutter leise hinzu, als sie sah, dass sich ihre Tochter nicht dazu äußern würde, weder zu der jüngsten Ellis noch zu irgendeiner anderen.

Sie verschwand im Haus und holte die Zedernholzschachtel. Als sie den Deckel anhob, bemerkte sie den Blick ihrer Tochter.

»Das ist meine Kiste der Erinnerung.« Ellis III lächelte, Ellis IV stützte ihr Kinn auf beide Hände und beugte sich vor.

»Was ist das?«, fragte Ellis IV und deutet auf die Setkarte.

»Die Setkarte von Woodstock.«

»Du warst in Woodstock?«

Als Ellis IV diese Frage stellte, wurde Ellis III klar, wie wenig sie eigentlich voneinander wussten, obwohl sie Mutter und Tochter waren. Sie wollte diesen Gedanken laut aussprechen, entschied sich aber im letzten Moment dagegen. War sie nicht eben dabei, diesen Zustand zu ändern?

Also sagte sie stattdessen: »Wir waren alle in Woodstock. Dein Dad, ich, deine Tante.«

Ellis III nahm vorsichtig das Päckchen mit dem Schlüssel und dem Medaillon und legte es auf ihre Handfläche.

»Aber Woodstock ist jetzt ganz egal.«

Sie fing vorsichtig an, die zwei Gegenstände aus dem Papier zu wickeln.

»Das Papier ist beinahe hundert Jahre alt«, flüsterte Ellis III und Ellis IV war verwundert über die Ehrfurcht in der Stimme ihrer Mutter.

Sie legte den Schlüssel und das Medaillon nebeneinander auf den Tisch und forderte ihre Tochter auf, es zu berühren. Ellis IV streckte ihre Finger danach aus und da war es wieder, dieses unheimliche Pochen, das sie in jenen Tagen nach dem 11. September verspürt hatte, die Verbindung. Sie lag hier vor ihr auf dem Tisch. Ellis IV fing an zu weinen, noch bevor ihre Mutter mit der Geschichte begann. Vielleicht lag es daran, dass sie Teile dieser Geschichte schon kannte. Aber vielleicht lag es auch daran, dass sie kein neugeborenes Baby im Arm hielt. Oder daran, dass sie spürte, wie all diese Verbindungen tatsächlich und wahrhaftig auch an ihr festgemacht waren. Dass sie nicht der Solitär war, als den sie sich empfand und vielleicht missfiel ihr dieser Gedanke.

Ellis III ließ nichts aus. Weder den Sack, der mit der Leiche des Bruders für immer im grauen Atlantik verschwunden war, noch die Vergewaltigung an jenem 6. September 1912 im Schlafsaal Nummer fünf auf der *Alice*.

## Vom Weitergeben von Namen

»Ellis! Warte!«

Ellis, die Hände tief in den Taschen ihrer Jacke vergraben und die Kapuze ihres Mantels ins Gesicht gezogen, drehte sich nach der Stimme um. Sie sah die lange, dünne Gestalt von Caitlin mit rudernden Armen durch den knietiefen Schnee waten. Caitlin weigerte sich konsequent, die geräumten Wege über den Campus zu benutzen.

»Ich bin aus Colorado«, sagte Caitlin, wenn sie darauf angesprochen wurde, »sieh dir meine Schuhe an.« Sie trug mit Vorliebe gefütterte Stiefel aus Leder, die wasserundurchlässig waren. Caitlin winkte noch einmal, obwohl Ellis sich schon nach ihr umgedreht hatte, dann versuchte sie einen Laufschritt, aber das klappte nicht.

»Dieser Schnee«, stöhnte sie, als sie endlich den geräumten Weg erreichte und sich bei Ellis einhängte.

»Quo vadis?«, fragte Caitlin und stampfte zwei Mal auf, um den Schnee von den Stiefeln zu schütteln.

»Heim«, antwortete Ellis.

»Es ist Freitag, du Spaßbremse.«

»Ich hab am Montag NEG I«, antwortete Ellis und setzte sich in Bewegung.

»Wie ich dich kenne, weißt du die Namen aller europäischen Minister und Könige schon seit du drei Jahre alt bist. Du musst nicht mehr lernen.«

Caitlin schlug ein schnelleres Marschtempo an.

»Kalt, Baby, kalt«, sagte sie und steuerte die hell erleuchtete Tür zum Wohnheim an. Ellis antwortete nicht. Der Kronprinz der Niederlande: Willem Alexander. Seine Frau: Maxima, Argentinierin. Der Premierminister von England: Gordon Brown. Unterschreiber des österreichischen Staatsvertrages: Leopold Figl.

Caitlin stieß die Schwingtür zum Wohnheim auf, eine Kältewolke folgte ihnen ins Innere.

»Wir gehen zuerst ins *Gimlet*, so gegen neun«, sagte sie und öffnete den Reißverschluss ihres Mantels, »und es ist an der Zeit, dass du mal was anderes siehst als Buchseiten.«

Ellis zögerte einen Moment. Ihr Blick fiel auf die Pinnwand, an der viele bunte Zettel hingen, unter anderem ein Plakat, das für ein Konzert warb, welches schon vergangene Woche stattgefunden hatte.

»Ich weiß nicht«, antwortete sie zögerlich.

»Humpty DDR Dumpty saß hinter der Mauer – von wann bis wann?«

»13. August 1961 bis 9. November 1989.«

Caitlin schüttelte den Kopf und verdrehte die Augen.

»Wir treffen uns um halb neun genau hier wieder«, sagte sie und klopfte mit dem Zeigefinger auf ihr linkes Handgelenk, »Sei pünktlich, Arkansas Girl. Ich hab viel vor mit dir heut Nacht.«

Ellis, die ihre Hände immer noch in den Jackentaschen vergraben hatte, starrte einen Moment lang auf ihre Fußspitzen, wo Schneereste zu einer dreckigen Brühe schmolzen. Dann hob sie den Kopf.

»In Ordnung«, willigte sie ein und Caitlin fing an zu grinsen.

Im Nachhinein würde sie sich lange fragen, woher sie wusste, von wann bis wann die Berliner Mauer gestanden hatte. Sie tippte auf ihre Schulzeit, aber sicher war sie sich nicht. Das Wissen um diese beiden Daten veränderte ihr Leben. Wenn Ellis diese Daten nicht im Kopf gehabt hätte, wäre sie nicht ausgegangen – die Prüfung in Neuerer Europäischer Geschichte war wichtig. Sie kam aus keinem reichen Haus und obwohl ihre Mutter nach der Scheidung von dem Wallstreetbanker nicht schlecht ausgestiegen war, war ihr Studium ein teurer Spaß von dem sie wusste, dass ihre ganze Familie – Mutter, Großeltern und sogar die Urgroßmutter – ihn finanzierte. Der Tankstellenbesitzer, ihr Urgroßvater war vor vier Jahren gestorben und ihre Großmutter hatte gemeinsam mit der Autofahrerin das Tankstellengeschäft übernommen. Zwar nagte ihre Familie nicht am Hungertuch damit Ellis studieren konnte, aber sie wusste, dass sie alle auf gewisse Dinge verzichteten.

Ellis stand lange vor dem Kleiderkasten und entschied sich am Ende für einen dunklen, knielangen, schwingenden Rock, Stiefel und einen grauen, eng anliegenden Strickpullover. Als sie einen Blick in den Spiegel warf, war sie unzufrieden. Sie zog die Stiefel wieder aus, schälte sich aus ihrer schwarzen Strumpfhose und schlüpfte stattdessen in eine rote. Als sie wieder in die Stiefel stieg und erneut in den Spiegel sah, fand sie es besser. Zuletzt zog sie sich den Gummi aus dem schwarzen Haar und ließ es über die Schultern fallen. Sie betrachtete sich eine Weile, dann trug sie Wimperntusche und Lippenstift auf. Als sie den Lippenstift wieder im dafür vorgesehenen Täschchen verschwinden ließ, fiel ihr Blick auf eine Fotografie, die 1994 vor dem Haus in der Port Road aufgenommen worden war. Es war eines der wenigen Bilder, auf dem sie alle versammelt waren: Die Autofahrerin und ihr Mechaniker, der zehnjährige Enzo, dem man schon den Mann ansehen konnte, ihre Mutter etwas abseits, in High Heels und einer glänzenden Bluse mit einem schmalen Lächeln auf den Lippen, ihre Großeltern – der Gitarrenspieler hatte den Arm um die Schultern von Ellis III gelegt und sie lachten beide, so als hätte jemand etwas Lustiges gesagt – und ihre Urgroßeltern. Der Tankstellenbesitzer hielt sie, damals noch blond gelockt, auf dem Arm und ihre Urgroßmutter, Ellis II, hatte die Hand zu einem sinnlosen Winken erhoben, so als wolle sie dem Fotografen oder einer anderen Person hinter der Kamera, vielleicht einer Nachbarin, zuwinken. Ellis nahm das Foto in die Hand und setzte sich auf ihr Bett. Mit dem Daumen fuhr sie über die Gesichter ihrer Familie und betrachtete ihr kleines Ich, das auf dem Arm des Urgroßvaters saß. War das wirklich sie? So blond und ganz anders aussehend als die Person, die sie eben angekleidet und geschminkt hatte? Sie seufzte und stellte das Bild zurück auf das Regal über dem Bett. Dann stand sie auf, nahm ihren Mantel vom Haken, hängte sich die Tasche um und verließ ihr Zimmer.

Das *Gimlet* war zum Bersten vollgestopft mit Studenten. Caitlin, Ellis und die anderen konnten sich nur durch Schreien und verwirrende Handbewegungen miteinander verständigen. Die Kellnerinnen bahnten sich ihre Wege durch die Leiber, die Tabletts trugen sie hoch über ihren Köpfen mit der Konsequenz, dass diese halb geleert waren, wenn sie ihre Destination erreichten, weil irgendwelche vorwitzigen, groß gewachsenen Studenten die Drinks einfach hinunterpflückten. Das Bild mutete an wie eine Szene aus dem Paradies. Ellis stellte mit einem Mal überrascht fest, dass sie sich gut fühlte und Spaß hatte. Wie lange war sie nicht mehr mit einem Haufen Mädchen ausgegangen und hatte sich einfach amüsiert? Sie tranken Tequilashots und dazu Bier und als sie auf die Tanzfläche gingen, waren sie alle schon leicht betrunken. Prüfungen, Bibliotheken und der ganze Lernstress waren mit einem Mal vergessen, das Leben war leicht und voller Lachen, es mutete beinahe verrucht an. Sie waren jung, sie sahen gut aus, sie schienen vor Kraft nur so zu strotzen und die Welt gehörte ihnen. Ellis würde sich später genau daran erinnern, wie sie sich im Takt der Musik umgedreht und Caitlin in einer Gruppe junger Männer entdeckt hatte. Sie tanzte ausgelassen, mit in die Luft gereckten Armen. Ellis musste lachen, als sie den verzückten, selbstvergessenen Ausdruck auf dem Gesicht ihrer Freundin bemerkte und verspürte plötzlich einen kleinen Stich – war es Neid? So will ich auch sein, dachte sie, das Leben einfach spüren und alles zulassen, so wie Caitlin-ich-komme-aus-Colorado wollte sie tanzen und leben, sie wollte so Auto fahren und essen und lieben. Sie drehte sich wieder zu den anderen Mädchen um und kurz darauf spürte Ellis, dass sie jemand an der Hand nahm. Als sie sich umdrehte, war Caitlins Gesicht ganz nah bei ihrem. Neben ihr stand einer der jungen Männer. Er trug ein dunkelblau-weiß kariertes Hemd, dessen Ärmel bis zu den Ellenbogen hochgekrempelt waren. Seine Augen waren braun, so weit sie das bei dem Licht erkennen konnte, er hatte dunkle Haare, ein Wirbel dicht neben dem Scheitel verdrehte eine Strähne so, dass sie ihm auf eine eigentümliche Art in die Stirn fiel. Er lächelte und sie sah, seine Zähne waren zwar gerade, aber ihnen fehlte das bläuliche Schimmern, das sich einstellte, wenn man seine Zähne bleichen ließ. Sie würde später denken, dass es das fehlende Bleaching gewesen war, das ihn als Ausländer entlarvt hatte.

»Das ist Fritz«, brüllte Caitlin in Ellis' Ohr, »er sagt, er glaubt, er hat dich schon einmal gesehen. Kennst du ihn?«

Ellis warf noch einen Blick auf Fritz, dann schüttelte sie den Kopf. Er beugte sich zu ihr und sie konnte sein Aftershave riechen: »Ich bin Fritz«, sagte er, und sein eigentümlicher Akzent ließ sie aufhorchen.

»Ich bin Ellis«, sagte sie, dicht an seinem Ohr. Sie mochte seinen Geruch. Sie mochte ihn so sehr, dass sie einen Augenblick länger als notwendig in der unmittelbaren Nähe seines Kopfes verweilte. Als sie zurückwich, stellte sie fest, dass Caitlin weg war. Sie ließ ihren Blick schweifen, Caitlin hatte sich wieder zu den Männern gesellt. Sie grinste in Ellis' Richtung, dann machte sie eine kleine Daumen-hoch-Geste, die nur für Ellis zu sehen war. Mit den Lippen formte sie stumm zwei Worte, *Hab Spaß*, dann zwinkerte sie und wandte sich in einer windenden Tanzbewegung wieder ab. Es spielte eine moderne, schnellere Version von Nancy Sinatras *These boots are made for walking*.

»Willst du was trinken?«, fragte der junge Mann und da war es wieder, diesmal deutlicher, ein gut kaschierter, aber doch hörbarer Akzent. Ellis warf einen letzten Blick in sein Gesicht. Dann nickte sie.

Sie kehrten nicht mehr zu den anderen zurück. Sie standen die ganze Nacht lang im hintersten Winkel des *Gimlet* an der Bar, dort, wo die Musik leise genug war, dass man eine Unterhaltung führen konnte. Fritz studierte Amerikanische Wirtschaftsgeschichte, er war fünfundzwanzig, vier Jahre älter als sie und lebte nicht am Campus, sondern teilte sich eine Wohnung mit drei anderen, direkt am Fluss. Wenn er am Morgen die Augen aufschlug, fiel sein Blick auf die aufgehende Sonne und die Wipfel der Bäume am Flussufer. Sie erzählte ihm von ihrem Zimmer in der Port Road in Pine Bluff, von dem aus sie den Lake Langhofer sehen konnte, im Sommer blitzten dort die Segel der Schiffe von Ausflüglern. Sie erklärte ihm, weshalb sie Ellis hieß, obwohl das ein Name für Jungen war. Sie erzählte ihm von den anderen Ellises in ihrer Familie, von den Tankstellen und sie erzählte ihm von ihrer Mutter, die eine Vorliebe für Städte zu haben schien, die ein NEW im Namen trugen. Sie erzählte, dass ihre Mutter gleich nach ihrer Geburt zuerst nach New York und dann, nach einem kurzen Intermezzo in Pine Bluff nach New Orleans gezogen war, nachdem der Sturm Katrina große Teile des Hauses zerstört hatte, in dem ihr Großvater mit seiner zweiten Frau wohnte. Ellis IV war dorthin gegangen, um beim Wiederaufbau zu helfen und dann war sie geblieben. Mittlerweile arbeitete sie für ein kleines Tourismusunternehmen, das Ausflüge ins Mississippi-Delta organisierte. Ellis IV war Spezialistin für Sumpfpflanzen (*Orchideen!*) geworden. Ellis erzählte Fritz davon, dass sie Pferde liebte, sich aber nie getraut hatte, eines zu reiten. Sie erzählte ihm von ihren Lieblingsbüchern und sie stellten fest, sie hatten beide beinahe das Gleiche gelesen und beinahe das Gleiche gut gefunden. Er legte Ellis nahe, es einmal mit Kafka zu probieren, ein Name, den sie stets mit Verschrobenheit und Monstrositäten gleichermaßen verbunden hatte ohne zu wissen, weshalb.

Sie bemerkten nicht, wie sich das Lokal um sie herum langsam leerte. Caitlin war irgendwann einmal neben ihnen aufgetaucht und hatte lallend verkündet, sie würde jetzt nach Hause gehen, sofern sie draußen feststellen durfte, dass sie dazu noch in der Lage wäre. Sollte das nicht der Fall sein, würde sie eben kriechen, sagte sie, auf allen vieren sei man sowieso viel sicherer unterwegs, und als Fritz anmerkte, dass es draußen kalt sei, sagte sie, was sie immer sagte: »Ich bin aus Colorado«. Dann wandte sie sich ab und torkelte Richtung Tür.

»Und das bringt was genau, wenn man keinen Erfrierungstod erleiden möchte?«, fragte Fritz und Ellis begann zu lachen. Sie bemerkte, wie eines der anderen Mädchen hinter Caitlin nachlief »Caitlin, warte, wir gehen gemeinsam«, rief das Mädchen, was Ellis erleichterte – sie hätte diesen Platz und vor allem diesen Mann nur sehr ungern verlassen, um ihre betrunkene Freundin nach Hause zu bringen.

Als der Barkeeper verkündete, dass es an die letzte Runde

ging, bestellte Fritz noch einmal zwei Bier und sie tranken sie so langsam wie möglich. Da waren die Lichter schon an und die Stühle auf den Tischen, die Kellnerinnen wuschen die Gläser im Akkord und räumten sie zurück in die Regale.

Er half ihr schließlich in den Mantel und brachte sie nach Hause. Fritz machte keinerlei Anstalten, sie zu berühren, nur zum Abschied drückte er ihr einen schnellen, leichten Kuß auf die Wange, der sie beinahe enttäuschte.

»Ich ruf dich an«, sagte er und ging ein paar Schritte rückwärts.

»Ich warte«, antwortete sie und stellte fest, dass sie es ernst meinte. Sie wartete schon jetzt, obwohl er gerade einmal drei Meter von ihr entfernt war.

»Es hat mich sehr gefreut, Ellis.«

Sie schloss die Tür zum Wohnheim auf und schenkte ihm ein Lächeln.

»Mich auch«, sagte sie und schob die Tür auf. Drinnen war es warm, der Boden war dreckig und feucht von all dem geschmolzenen Schnee, den die Mädchen im Laufe des Abends hereingetragen hatten. Sie sah ein letztes Mal in seine Richtung, aber er hatte sich schon umgedreht und war nur mehr eine dunkle Kontur, die in der Nacht verschwand.

»Fritz, Fritz, Fritz«, flüsterte sie bei jeder Stufe, die sie hochstieg. Es waren viele Stufen, aber sie verbot sich, zwei auf einmal zu nehmen, wie sie es sonst immer tat. Sie fühlte sich berauscht und stocknüchtern gleichzeitig, sie fühlte sich, als hätte sie ein Stromkabel angegriffen. Sie schloss die Tür zu ihrem Zimmer auf und war erleichtert, als sie feststellte, dass ihre Zimmerkollegin nicht da war. Sie nahm den Laptop und setzte sich aufs Bett. Während der Computer hochfuhr streifte sie sich die Stiefel von den Füßen und ließ sie achtlos neben das Bett fallen. Ellis zog den Reißverschluss ihres Mantels auf und wickelte sich den Schal vom Hals. Sie tippte *Saintpolden* in die Suchleiste. Sie stellte fest, dass man die Stadt anders schrieb: Sankt Pölten – sie kannte dieses eigentümliche O mit den beiden Punkten darüber schon aus den Vorlesungen. Sie hatte es immer lustig gefunden, denn die Punkte gaben dem O einen überraschten Ausdruck, so als hätte es eben etwas Faszinierendes entdeckt.

Sankt Pölten lag zweiundfünzig Meilen westlich von Wien. Dort wohnten etwa 52 000 Menschen und es war die Hauptstadt von Niederösterreich, dem größten der neun Bundesländer Österreichs.

Sie seufzte und klappte den Laptop wieder zu. »Saintpolden«, flüsterte sie und nahm sich vor, Fritz beim nächsten Mal zu fragen, wie man es richtig aussprach. Sie schlief im Sitzen und angezogen mit dem Laptop auf den Knien ein. Sie träumte von Fritz. Sie träumte von einer fremden Stadt, deren Name um ein überraschtes O herumkonzipiert war.

Er rief sie am übernächsten Tag an und sie verabredeten sich fürs Kino. Sie schafften es niemals in die Vorführung – sie kauften sich Popcorn, dann fingen sie an zu reden und als es Zeit war, den Saal zu betreten, stellten sie fest, dass sie keine Lust auf den Film hatten. Sie hatten Lust auf Reden und alles, was mit dem Reden kommt. Sie aßen das Popcorn vor dem Kinosaal auf den Stufen sitzend, dann gingen sie auf ein Bier und der Abend endete bei ihm, in seinem Zimmer, von dessen Fenster man auf den Fluss blicken konnte.

Es war der 15. Dezember 2011.

In den Frühlingsferien 2012 nahm Ellis Fritz mit nach Pine Bluff. Der Frühling in Arkansas war heiß, die Bäume blühten und Fritz wurde in dem Haus in der Port Road warmherzig empfangen, ganz ähnlich, wie man vierzig Jahre zuvor den Gitarrenspieler und die Autofahrerin aufgenommen hatte. Aus irgendeinem Grund war es Ellis V wichtig, dass Fritz ihre Mutter kennen lernte, doch Ellis IV wollte nicht nach Pine Bluff kommen. Als Ellis V am fünften Morgen in Fritzens Armen aufwachte, beschloss sie, dass es an der Zeit war, einen Schritt zu setzen.

»Wir fahren nach New Orleans«, sagte Ellis und wandte den Kopf. Fritz hatte seine Augen noch geschlossen. Als er ihre Stimme vernahm, ein Flüstern an seinem Ohr, ihr Atem kitzelte an der Wange, schlug er die Lider auf und betrachtete die Wipfel der Bäume vor Ellis' Fenster, hinter denen der Lake Langhofer lag.

»Ich war noch nie in New Orleans«, flüsterte er, legte beide Arme fest um Ellis und drückte sie, bis sie lachte. Ihr dunkles Haar zeichnete einen Fächer auf das weiße Laken.

»New Orleans!«, rief sie lachend, dann setzte sie sich auf.

»Aber zuerst…«, murmelte er und an der Heiserkeit seiner Stimme erkannte sie, was nun kommen würde. Sie ließ sich willig wieder an seine Seite ziehen.

Ellis III stand in der Küche und schenkte sich Kaffee ein, als die beiden hintereinander die Treppe hinunter kamen. Sie drehte sich um, als sie das Geräusch von Schritten hörte und begrüßte ihre Enkeltochter und deren Freund mit einem breiten Grinsen, ein Grinsen jener Sorte, von dem Ellis V rote Wangen bekam.

»Wir brauchen ein Auto«, sagte Ellis V um von ihrer Schamesröte abzulenken. Ellis III stellte ihre Tasse ab, nahm zwei weitere aus dem Schrank über der Spüle und füllte sie mit Kaffee.

»Wofür?«

»Wir wollen nach New Orleans«, sagte Ellis zu ihrer Großmutter und setzte sich an den Tisch.

»Wenn der Prophet nicht zum Berg kommt, muss der Berg zum Propheten«, antwortete die Großmutter, stellte eine Tasse vor ihrer Enkeltochter ab und drückte Fritz die andere in die Hand.

»Warst du schon einmal in New Orleans?«, fragte sie ihn.

Ellis III hatte den Jungen von Anfang an gemocht. Er hatte sie an den Schönen erinnert, aber ohne dessen Haltlosigkeit.

Fritz war ein guter Mann, mittlerweile kannte sie sich mit guten und schlechten Männern aus – wahrscheinlich war das der Grund, weshalb sie immer alleine geblieben war, nachdem sich der Gitarrenspieler gegen sie und für New Orleans entschieden hatte.

Fritz nahm einen Schluck Kaffee, dann schüttelte er den Kopf.

»Dann solltet ihr fahren«, sagte Ellis III. Mit einer auffordernden Handbewegung deutete sie auf einen Stuhl und Fritz nahm Platz. Sie fing an, Butter und Marmelade aus dem Kühlschrank zu räumen.

»Dein Großvater wird sich freuen.« Ellis III schob zwei Brotscheiben in den Schlitz des Toasters. Sie verschwand aus der Küche und als sie zurück kam, legte sie ihren Autoschlüssel zwischen Ellis und Fritz auf den Tisch. Der Schlüsselanhänger, ein massiver, silberner Schwan, glitzerte in den Sonnenstrahlen, die durch das Fenster fielen.

»Ich liebe dieses Auto«, sagte Ellis III mit einem Seufzen, »Also passt mir gut drauf auf. Sonst bringt mich deine Tante um.«

Ellis V lachte und legte ihre Finger um den Schwan.

»Warum nennt ihr sie eigentlich Tante? Sie hat doch einen Namen«, fragte Fritz. Die Toastscheiben sprangen mit einem metallischen Geräusch aus der Maschine. Ellis III legte sie mit spitzen Fingern auf jeweils einen Teller.

»Das ist eine lange Geschichte«, sagte Ellis III.

»Aber sie ist spannend«, sagte Ellis V.

»Ich würde sie gerne hören.« Fritz fing an, harte, kleine Butterstückchen auf dem Toast zu verstreichen.

»Sie beginnt im Jahr 1968«, fing Ellis III an.

»Ein gutes Jahr«, sagte Fritz und biss von seinem Toast ab.

»Ein gutes Jahr, wie wahr«, flüsterte Ellis III versonnen. Dann begann sie zu erzählen.

Drei Stunden später machten sie sich auf den Weg. Das Auto, ein roter Subaru Outback Wagon, war bis auf Fritz und Ellis sowie zwei kleine Rucksäcke und eine Tasche voller Wasser und Sandwiches, die Ellis III noch gezaubert hatte, leer. Man traute es Ellis III zwar nicht zu, aber sie war eigentlich ein ordnungsliebender Mensch. Sie kamen an jenem Tag bis nach Jackson. Dort nahmen sie sich ein Zimmer in einem Motel, duschten, zogen sich etwas anderes an und machten sich auf, die Stadt zu erkunden. Sie aßen Muscheln und tranken dazu kaltes Bier. Es war warm und im Garten des Restaurants blühten die Bäume. Die Blüten verströmten einen süßlichen, intensiven Duft, der eine beinahe berauschende Wirkung hatte. Es war dieser Abend – oder einer der folgenden – der das Leben von Fritz und Ellis in eine neue Richtung treiben würde.

Am nächsten Morgen fuhren sie weiter bis nach New Orleans. Der Großvater freute sich wirklich, Ellis und Fritz zu sehen. Der Gitarrenspieler, ähnlich wie Ellis III, nahm sie mit offenen Armen in seinem Haus auf. Die Stiefgroßmutter brachte einen großen Krug mit kaltem Saft und auf der Veranda des wieder hergerichteten Hauses entspannte sich ein Netz von Gesprächen in den heißen Nachmittag, der über Essen und später Whiskey mit Cola und Eis zu einem warmen Abend wurde. Sie redeten über das Haus und den Schaden, den Hurricane Katrina angerichtet hatte – nicht nur in der Stadt, sondern auch in den Köpfen und Herzen der Menschen. Sie sprachen über die Deep Horizon und amerikanische Außenpolitik, zu der sich Fritz zunächst nur zögerlich äußerte. Als er aber feststellte, dass er sich auf sicherem Alt-68er-Boden befand, tat er mehr und mehr seiner Meinung kund und stellte wieder einmal fest, dass Vorurteile tatsächlich nur etwas für Vollidioten waren – dass aber weder Geld noch Bildung einen vor der Krankheit des Vollidiotismus bewahren konnten. Nur das Reisen half, das Reisen, das Zuhören, Akzeptanz und ein offenes Herz.

Als die Zikaden im Garten mit ihrem Gereibe anfingen, verstummten die Vier für einige Momente. Das Geräusch war so laut, dass es Fritz – es gab keine Zikaden in Niederösterreich – vor Staunen für einige Sekunden lang alle Gedanken aus seinem sonst so rastlosen Gehirn trieb. Er spürte einen Moment lang eine Verbindung zu allem, was ihn umgab – zu den Bäumen, den Tieren, zu den Menschen und sogar zu den Sternen, die er von da, wo er saß, nicht sehen konnte. ›Zu den Sternen? Habe ich das gerade wirklich gedacht?‹, dachte Fritz und ein Zucken durchstieß seinen Körper. Ellis wandte ihren Kopf nach ihm, als sie diese Bewegung wahrnahm. In ihrem Blick lag Besorgnis, gemischt mit dem Schleier leichter Betrunkenheit. Sie sah so schön aus, dass etwas von unten an sein Herz fasste und es zusammendrückte. Fritz zwinkerte zwei Mal rasch und lächelte, um sie zu beruhigen. Die Zikaden verstummten genau so schnell, wie ihr uraltes Geräusch angehoben hatte. In die entstandene Stille hinein hörten sie das Schlagen einer Autotür in der Auffahrt auf der anderen Seite des Hauses. »Deine Mom ist da«, sagte der Gitarrenspieler und stellte sein Glas zurück auf den Untersetzer. Er wandte den Kopf, als er hörte, wie sie die Eingangstür aufsperrte.

»Wir sind hier draußen!«, rief er in das Haus hinein.

Ellis IV trat durch die Fliegengittertür und ließ sie zurückschnalzen. Sie lächelte, als sie Ellis V neben dem Großvater sitzen sah und ihr Lächeln wurde breiter, als sie den jungen Fremden auf dem Stuhl daneben erblickte. Sie streckte ihm die Hand entgegen.

»Ich bin Ellis IV«, sagte Ellis IV.

Fritz erhob sich und nahm ihre Hand, sie blickten einander fest in die Augen. Fritz erkannte augenblicklich die Ähnlichkeit seiner Freundin zu ihrer Mutter und Großmutter. Bis jetzt war sie ihm verborgen geblieben, aber Ellis IV stellte den Missing Link da, der alles miteinander verband.

»Ich habe gehört, du bist aus Österreich«, sagte Ellis IV und nahm zwischen ihrer Stiefmutter und ihrer Tochter an dem Tisch Platz,

»Das stimmt«, antwortete Fritz. Der Gitarrenspieler machte einen Drink für seine Tochter.

»Aus Sankt Pölten«, sagte Ellis V und das Gesicht ihrer Mutter verzog sich überrascht. Sie sah beinahe so aus, wie das O mit den Punkten im Namen der Stadt.

»Die erste Ellis war auch aus Sankt Pölten«, sagte Ellis IV und diesmal war es an Ellis V, den überraschten Gesichtsausdruck anzunehmen. Die Ähnlichkeit zwischen Mutter und Tochter war tatsächlich verblüffend, obwohl sie zwei unterschiedliche Typen waren. Sie sahen eher aus wie Schwestern, und theoretisch hätten sie das auch sein können.

»Das weißt du nicht?«, fragte die Mutter. »Hat dir deine Großmutter noch nichts davon erzählt?«

Ellis V schüttelte langsam den Kopf.

»Das wird sie noch«, sagte Ellis IV.

»Du kannst es mir doch auch erzählen«, bat Ellis V, aber Ellis IV schüttelte den Kopf, und da Ellis V ihre Mutter vor allem verschlossen kannte (*Cactaceae*), zuckte sie die Schultern und blickte in die Düsternis des Gartens ihres Großvaters. Vielleicht war es tatsächlich so, wie Ellis IV ihr einmal vor gar nicht allzu langer Zeit gesagt hatte: »Ihr seid alle nur durch euch selbst und eins teilbar. Ich bin die Vierte. Ich bin keine Primzahl. Ich gehöre nicht zu euch.« Je länger Ellis über den Satz ihrer Mutter nachgedacht hatte, desto sinnloser und wahrer gleichzeitig wurde er. Wie eine Treppe von M.C. Escher. Als sie an Escher dachte, setzten die Zikaden wieder zu ihrem Gezirpe an. Die Zeiger rutschten weiter, die Nacht begann.

Ellis und Fritz fuhren zurück an die Uni, und was vorher als lose Liebesgeschichte gegolten hatte, bekam den Status einer festen, unzerrüttbaren Beziehung. Vor allem Caitlin schlug das auf den Magen.

»Du bist so jung«, flüsterte sie eines Nachmittags in der Bibliothek, »Warum fixierst du dich so auf diesen Bergmenschen?«

»Pscht«, kam es von irgendwo hinter ihnen. Ellis wandte den Kopf und sah aus dem Fenster. Es war Ende Mai und die Kastanienbäume blühten rosa und weiß.

»Ich meine«, flüsterte Caitlin, »du solltest dich nicht gleich so auf einen stürzen. Der geht bald zurück in sein neutrales Zwergenland, dann bricht er dir das Herz. Wie stellst du dir das vor?«

»Pscht«, kam es wieder, diesmal von mehreren Seiten. Es klang verärgert.

»Was machst du dann, ha?«, fügte Caitlin unbeirrt hinzu und diesmal erhob jemand seine Stimme und sagte: »Könnt ihr eure Liebesgeschichten nicht draußen diskutieren? Hier wollen Leute lernen.«

»Ich fühl mich nicht gut«, flüsterte Ellis als Antwort und klappte ihre Bücher zu.

»Ich lerne lieber zu Hause.« Und mit diesen Worten ließ sie Caitlin sitzen.

Sie hatten ausgemacht, dass Fritz in Paris auf sie warten sollte. Sie bekam einen Flug, der zwei Tage nach seinem dort landen würde. Er flog über Washington, sie über New York.

Die Uni endete und Fritz und Ellis verabschiedeten sich voneinander. Fritz würde mit ein paar Freunden die Ostküste entlang bis nach Washington reisen. Ellis wollte ihre Sachen nach Pine Bluff bringen und noch ein paar Tage mit ihrer Großmutter und ihrer Urgroßmutter verbringen. Ellis II war es in letzter Zeit nicht sonderlich gut gegangen. Sie war vierundachtzig Jahre alt, blind und ihr Herz machte dann und wann Hopser, die ihr Körper nicht verkraften mochte. Es nagte ein wenig an Ellis V, den Sommer nicht bei ihnen zu verbringen, sie hatte Angst, es könnte etwas passieren, solange sie fort war. Aber Ellis III und auch Ellis II hatten darauf bestanden, dass Ellis V nach Europa fliegen sollte.

Als sie in der Port Road aus dem Wagen stieg und ihre Urgroßmutter auf der Veranda sitzen sah, bekam Ellis V aus unerfindlichen Gründen feuchte Augen.

»Du weinst«, sagte die blinde Ellis, als Ellis V die Treppe hochkam und ihre Arme um die alte Frau legte, »warum weinst du?«

»Weiß auch nicht«, schluchzte Ellis V, »einfach so.«

Ellis III legte Ellis V eine Hand auf die Schulter. Die Berührung war so tröstlich, dass Ellis V noch mehr Tränen kamen.

»Jetzt ist aber Schluss«, sagte Ellis III und lachte ihr volles Lachen. »Das ist ein Tag zum Feiern, nicht zum Heulen.«

»Sie hat sich verändert«, sagte die blinde Ellis und Ellis V schüttelte den Kopf und murmelte: »Blödsinn, gar nicht hab ich mich verändert.« Erst dann entließ sie ihre Urgroßmutter aus der Umarmung.

»Finde ich gut, deine Reise.« Die Stimme ihrer Mutter drang lauter durch den Hörer, als es in Ellis' Ohren angenehm war.

»Ich hab's nie nach Europa geschafft, aber ich wollte immer.«

»Ich freue mich schon sehr«, sagte Ellis und wickelte das Kabel, das den Hörer mit dem Telefon verband, um ihren Finger. Von da, wo sie saß, konnte sie ihre Großmutter sehen, die im Garten stand und die Blumen goss.

»Brauchst du Geld?«, fragte ihre Mutter und einen Moment lang war Ellis von der Frage überrascht.

»Ich bin zweiundzwanzig und reise nach Europa. Was denkst du?«

Die Mutter lachte. Ellis dachte manchmal, dass ihre Mutter erst in New Orleans lachen gelernt hatte. Sie konnte sich nicht erinnern, diesen Gefühlsausdruck vorher bei ihr gesehen zu haben.

»Ich überweise dir etwas, in Ordnung?«

»Aber sicher«, sagte Ellis und diesmal war es an ihr, zu lachen. Manchmal hatte sie das Gefühl, dass in dieser Familie alles verdreht war. Die Mutter wirkte wie eine Schwester, die Großmutter wie eine Mutter, die Urgroßmutter wie eine Großmutter und die beste Freundin der Mutter-Großmutter war die Tante und deren Sohn Enzo so eine Art großer Bruder.

»Ich mochte Fritz«, sagte ihre Mutter jetzt und Ellis fragte: »Wieso ›mochte‹, es gibt ihn ja noch.«

»Ich meine, ich mochte ihn, als ich ihn sah, ich meine, was ich damit sagen will ist, ich mag ihn.«

»Mann, bist du kompliziert.«

»Na und?«, antwortete ihre Mutter und Ellis lachte wieder. »Na und« war genau die richtige Antwort auf so eine Aussage.

An diesem Abend ging Ellis V mit alten Schulfreundinnen aus. Sie aßen in einem Fischrestaurant, klapperten all die Orte wieder ab, in denen sie als Teenager Zeit miteinander verbracht hatten, nur diesmal hängten sie ein paar Lokale mit dran, in denen man trinken konnte. Ohne es zu wissen, ging Ellis V in einem dieser Lokale an ihrem Vater vorbei, der an der Bar saß. Sie hätte ihn nicht wiedererkennen können, da sie überhaupt nicht wusste wie er aussah, und er hatte nicht mehr das Gehirn, das es ihm erlaubte, auf irgendetwas anderes zu achten als auf den Drink, der vor ihm stand und auf den, den er als nächstes trinken würde. Er trug eine ausgewaschene Jeansjacke, die an den Ellenbogen beinahe durchgescheuert war und alte Cowboystiefel, er hatte das Gesicht des Säufers, der er war. Er pflegte jedem, der es hören wollte, zu erzählen, dass das Leben nicht mitgespielt habe bei seinen Träumen, aber in Wirklichkeit war es so, wie es immer ist: Nicht das Leben hatte nicht mitgespielt, sondern die Träume waren es gewesen. Er hatte sich das Bein gebrochen, damit war es mit seiner Karriere als Footballspieler vorbei gewesen noch bevor sie eigentlich begonnen hatte. Wobei überhaupt fraglich war, ob ihm eine solche offen gestanden hätte – sein Hang zu Drogen und Frauen war genauso ausgeprägt wie seine Faulheit. Auf den Beinbruch folgte eine Reise in den Untergrund, eine von der Sorte, die keine Reise war, sondern ein permanenter Umzug. Als Ellis an ihm vorbeimarschierte, eingehängt bei ihren Freundinnen, beachtete er sie genauso wenig, wie sie ihn beachtet hatte. Nur einmal, als er ihr Lachen vernahm, ließ ihn das aufhorchen – es erinnerte ihn an etwas aus seiner Vergangenheit, aber er konnte den Finger nicht drauf legen. Vielleicht ein Mädchen, dachte er, bestimmt ein Mädchen. Von denen hatte es einige gegeben. Er blickte auf die vielen Flaschen hinter der Bar und der Barkeeper, der ihn schon die längste Zeit misstrauisch beäugte, fragte, ob er noch etwas haben wolle, woraufhin er seinen Drink leerte und mit dem Zeigefinger noch einen bestellte. Der Kellner kassierte sofort. Ellis' Vater war vor eineinhalb Jahren aus dem Gefängnis gekommen. Sie hatten ihn vorzeitig entlassen, das Gefängnis war überfüllt gewesen und er hatte von seinen zehn Jahren ohnehin schon beinahe sieben abgesessen. Zeit spielte für jemanden wie ihn keine Rolle mehr, soviel hatte er in seinem gar nicht so langen Leben gelernt. Aber er hatte keine Kraft mehr für Zynismus. Kraft gab es nur mehr fürs Trinken.

Ellis III und ihre Mutter saßen währenddessen zu Hause am Tisch und tranken. Die eine Wein, die andere Tee. Die blinde Ellis versuchte ihre Tochter davon zu überzeugen, das Mädchen in die Geschichte einzuweihen.

»Sie fährt dorthin«, sagte die Blinde. Ihre Stimme klang jung und voller Elan.

»Sie sollte wissen, dass das die Stadt ist, in der meine Mutter geboren worden ist. Sie sollte die ganze Geschichte kennen.«

»Damit würden wir mit der Tradition brechen«, widersprach Ellis III. Sie versuchte gerade, den Verschluss von der Weinflasche zu schrauben, aber er zeigte sich widerspenstig. Sie hielt die Flasche gegen ihren mächtigen Busen gepresst und das Gesicht war vor Anstrengung verzogen. Ein lustiger Anblick, aber die Blinde sah es nicht und deshalb fiel die Komik nieman dem auf.

»Wir haben schon bei Ellis IV mit der Tradition gebrochen.«

»Ellis IV hat mit der Tradition gebrochen, nicht wir.« Die Blinde trank ihren Tee aus und in diesem Moment gab der Verschluss der Weinflasche nach. Durch den Ruck verschüttete Ellis III etwas Wein auf ihrer Bluse und auf dem Tisch. Das herbe Aroma verbreitete sich fast augenblicklich in der Küche.

»Ich hätte auch gerne ein Glas«, sagte die Blinde und ihre Tochter stand auf und holte eines.

»Ich meine, sie ist nicht schwanger«, sagte Ellis III.

»Du hast Ellis IV auch davon erzählt«, sagte die Blinde, »Scheiß auf diese Tradition. Wer hat gesagt, dass es die Geburt eines Kindes involvieren muss?«

»Deine Mutter«, sagte Ellis III und ließ Wein in das Glas ihrer Mutter gluckern.

»Sie ist wirklich in diesen Fritz verliebt«, die Finger der Blinden fuhren tastend über den Tisch, bis Ellis III ihr das Glas einfach in die Hand drückte.

»Dass er Fritz heißt«, sagte Ellis III und schüttelte sich, »ausgerechnet Fritz! Aber er ist ein guter Mann, das spüre ich.«

»Was du nicht alles spürst«, sagte die Blinde jetzt sarkastisch und nahm einen Schluck, »Wo sind meine Zigaretten?«

»Du sollst nicht rauchen«, sagte Ellis III.

»Ich bin vierundachtzig Jahre alt, ich werde mir von meinem *Kind* nichts sagen lassen.«

Ellis III seufzte und streckte sich nach dem Fensterbrett. Dort lag das Päckchen Zigaretten für die Blinde bereit.

»Also wir erzählen es ihr«, sagte die Blinde, Ellis III schwieg. Sie hielt das Päckchen in ihrer Hand und spielte damit – Deckel auf, Deckel zu. Traditionen, dachte sie, was waren schon Traditionen. Ihre Mutter hatte vollkommen Recht.

»Na gut«, sagte Ellis III. Sie dachte an die Zedernholzschachtel in ihrem Kasten und fragte sich, wann sie das letzte Mal einen Blick hinein geworfen hatte. Deckel auf, Ellis III fingerte eine Zigarette heraus, steckte sie geistesabwesend in den Mund und gab sich Feuer.

»Du sollst doch nicht rauchen!«, sagte die Blinde.

»Ich bin zweiundsechzig, Mom«, sagte Ellis III, sie stand auf und holte einen Aschenbecher. Sie legte ihre Zigarette darin ab und zündete noch eine für ihre Mutter an.

»Morgen«, sagte die Blinde, sie inhalierte, stockte in ihren Bewegungen und rauchte mit einem befriedigten Stöhnen wieder aus, »morgen erzählen wir es ihr. Gemeinsam.«

»Morgen«, stimmte Ellis III schließlich zu.

Tradition ging ja nicht verloren, bloß weil man den Ablauf änderte – wichtig war, die Geschichte zu erzählen. Wie das geschah, war egal.

»Was ist mit Ellis IV?«, fragte die Blinde, nachdem sie eine Weile schweigend geraucht hatten.

»Was soll mit Ellis IV sein?«, entgegnete Ellis III. Die Blinde streckte die linke Hand aus, bis sie den Aschenbecher gefunden hatte. Sie zog ihn an sich heran und streifte geschickt die Asche von ihrer Zigarette. Als Ellis III ihre Mutter dabei beobachtete, wusste sie mit einem Mal, wovon die alte Frau sprach.

»Wo ist das Päckchen, Ellis?«

Die Blinde konnte den betretenen Gesichtsausdruck ihrer Tochter nicht sehen, genauso wenig wie die Röte, die ihr vom Hals bis in den Wangen kroch.

Am nächsten Morgen musste sich Ellis V übergeben.

»Die Muscheln«, ächzte sie, als sie die Treppe hinunter kam und ihre Großmutter und Urgroßmutter am Küchentisch sitzend vorfand.

»Das Bier«, sagte Ellis III, aber es lag kein Vorwurf in ihrer Stimme, eher Belustigung.

»Wir müssen reden«, sagte die Blinde.

»Hat das Zeit?«, fragte Ellis. Sie hatte eine beinahe grünliche Gesichtsfarbe.

»Die Muscheln machen sich wieder bemerkbar.«

Die Blinde machte eine scheuchende Handbewegung.

»Reisende soll man nicht aufhalten«, sagte sie, aber da war die Tür zum Bad schon ins Schloss gefallen.

Ellis V hatte gar nicht so Unrecht, wenn sie die Schuld an ihrer Übelkeit auf Muscheln schob. Allerdings hatte sie die Muscheln an einem anderen Ort und zu einer anderen Zeit gegessen und sie waren nicht verdorben gewesen, sondern ausgezeichnet. Es könnte natürlich auch das Bier gewesen sein, das sie an jenem Abend in Jackson getrunken hatten. Aber das gilt nicht als Aphrodisiakum.

Als Ellis V am Nachmittag die Augen aufschlug, fühlte sie sich wie neugeboren. Sie hatte Hunger, stellte sie fest, auf so ziemlich alles, was eine Küche hergab. Das Haus war leer, als sie die Treppen hinunter kam. Sie fand die beiden Frauen auf der hinteren Veranda bei einer Tasse Kaffee.

»Besser?«, fragte Ellis III mitfühlend und Ellis V nickte. Sie setzte sich neben ihre Großmutter.

»Wir müssen reden«, sagte die Blinde wieder.

»Kann ich davor noch etwas essen?«, fragte Ellis V und Ellis III nickte.

Sie kam wieder mit einem Sandwich, und Ellis III zog die Augenbrauen hoch: »Es war eindeutig das Bier und nicht die Muscheln«, sagte sie, dann verzog sie den Mund wieder zu diesem allwissenden Grinsen, das Ellis V die Schamesröte ins Gesicht trieb.

»Als hättest du nie zu viel getrunken«, murmelte Ellis V und die Blinde fing an, zu kichern.

»Sie ist 1968 verschwunden und kam 1972 mit einem Babybauch wieder. Was glaubst du, was sie in dieser Zeit gemacht hat?«

»Mutter«, sagte Ellis III gedehnt und es befriedigte Ellis V, dass auch Ellis III aufgezogen werden konnte.

»Also, was ist so wichtig?«, fragte Ellis V kauend, als wieder Stille am Tisch eingekehrt war.

»Du fährst nach Saintpolden«, sagte Ellis II plötzlich ernst. »Das ist so wichtig.«

»Es heißt Sankt Pölten«, antwortete Ellis V mit vollem Mund. Sie sprach es tadellos aus – zumindest glaubte sie das an den Gesichtsausdrücken der beiden Frauen zu erkennen, da das Wort offenbar ungemein fremd geklungen hatte.

»Mit vollem Mund spricht man nicht«, sagte Ellis III tadelnd woraufhin die Blinde sagte: »Tu lieber, worum ich dich gebeten habe.«

Ellis V, im Gegensatz zu den drei anderen vor ihr, weinte nicht. Sie stellte Fragen. Fragen, die Ellis III und die Blinde manches Mal beantworten konnten und manches Mal nicht.

»Heult sie?«, unterbrach die Blinde ihre Erzählung an drei Stellen (die Stelle, an der man den toten Bruder über Bord warf, bei der Sache mit Fritz und als sie von ihrem Vater, dem Veteranen, erzählte), immer in Richtung Ellis III und Ellis V antwortete jedes Mal: »Nein, ich heule nicht, red weiter.«

Es geschah etwas Neues an jenem Nachmittag auf der Veranda. Die Geschichte wurde um die Geschichte der Blinden – immerhin vierundachtzig Jahre Lebenszeit – und um die Geschichte von Ellis III – immerhin zweiundsechzig Jahre – erweitert. Die einzige Leerstelle blieb das Leben von Ellis IV. Der Urgroßvater war also schwul gewesen, erfuhr Ellis V und Ellis II war trotzdem bei ihm geblieben. Der Ururgroßvater war ein Veteran des Ersten Weltkriegs, die Urururgroßmutter einer Krankheit zum Opfer gefallen, erfuhr Ellis V. Aber dann stellte Ellis V eine Frage, die weder die eine noch die andere beantworten konnte.

Ellis V fragte: »Ja, aber was ist davor geschehen?«

»Wie, davor?«, fragte die Blinde verwirrt.

»Warum sind sie aus Sankt Pölten weg?«

»Keine Ahnung«, sagte die Blinde ratlos, »weißt du da was?«, fragte sie ihre Tochter, aber Ellis III hob die Arme in einer abwehrenden Geste. »Woher denn bitteschön? Alles, was ich weiß, weiß ich von dir!«

»Jetzt gib ihr das Päckchen«, befahl die Blinde und Ellis III blickte ihre blinde Mutter lange an, dann sah sie zu Ellis V. Ellis V saß mit angezogenen Beinen, barfuss und in einer kurzen Hose auf ihrem Sessel. Sie sah neugierig aus.

Ellis III stand seufzend auf und verschwand im Haus. Sie kam zurück und überreichte ihrer Enkeltochter wortlos das vergilbte Päckchen und als diese das Papier vorsichtig entfaltete, fand sie darin einen großen, schweren Schlüssel.

»Wo ist das Medaillon?«, fragte Ellis V, nachdem es lange still geblieben war.

»Was meinst du?«, fragte die Blinde und Ellis III vergrub das Gesicht in ihren Händen.

»Ellis IV hat das Medaillon.« Ihre Antwort klang vernuschelt, weil sie in ihre Hände sprach.

»Du hast gesagt, sie wollte das Päckchen nicht!«

»Ich hab dich angelogen«, sagte Ellis III schließlich und nahm die Hände wieder von ihrem Gesicht.

»Wie konntest du das zulassen?« Die Blinde hatte die Handflächen auf dem Tisch abgelegt. In ihrem Gesicht spielte sich eine Menge ab, ein Reigen aus Entrüstung, Zorn und Verständnislosigkeit. »Der Schlüssel und das Medaillon gehören zusammen!«

Ellis III sah aus, als wollte sie in Tränen ausbrechen.

»Sie wollte den Schlüssel nicht«, flüsterte sie, »sie wollte nur das Medaillon.«

Ellis V legte das vergilbte Papier auf den Tisch, sie wog den Schlüssel in ihrer Hand.

»Warum?«, fragte Ellis V.

»Ich weiß es nicht«, antwortete Ellis III, »das musst du sie fragen.«

»Du bist ein Dummkopf«, sagte die Blinde und sank in ihren Sessel zurück.

»Es ist doch nichts passiert«, sagte Ellis V.

»Das verstehst du nicht.«

»Sag dem Kind nicht, was es versteht und was nicht«, sagte Ellis III und der Ton, in dem sie es sagte, ließ keinen Widerspruch zu.

»Das Medaillon ist immerhin bei seiner Mutter und nicht verschollen im Urwald.«

»Dass es bei seiner Mutter ist, kommt *verschollen im Urwald* aber ziemlich nahe«, war die bissige Antwort der Blinden.

»Aus«, sagte Ellis V ernst und stand auf, »sofort.«

»Es tut mir Leid«, sagte Ellis III und erst nach langen Sekunden kam die Entschuldigung von der Blinden. Aber sie kam und Ellis V nahm wieder Platz

Sie reiste alleine nach New York, aber als sie eben zu ihrer ersten Sightseeing Tour aufbrechen wollte, läutete ihr Handy.

»Ich bins, Ellis IV«, sagte ihre Mutter und Ellis fiel zum ersten Mal auf, dass ihre Mutter die Einzige war, die ihre Nummer in der Generationenabfolge tatsächlich als Namen verwendete. Sie hatte es immer schon getan, ging Ellis V auf, eigentlich seit sie alt genug gewesen war, um zu begreifen, dass nicht Ellis III ihre Mutter war, sondern Ellis IV.

»Ich bin in New York«, sagte Ellis IV, »Ich dachte, wir verbringen deine letzten zwei Tage hier miteinander.«

Sie trafen sich im Hotel und nach einem Kaffee stiegen sie um auf einen Manhattan, sie tranken noch einen und dann lag ihnen die Stadt zu Füßen, wie sie das nur bei Frauen tut, die ausgelassen und glücklich sind, die sich mögen, wie sich nur Schwestern mögen können.

Sie besuchten Ground Zero und Ellis IV erzählte von ihrem

11. September. Sie besuchten die White Horse Bar und Ellis erzählte ihrer Mutter von Dylan Thomas und seinem tragikomischen Ende. Sie besuchten das Empire State Building und ließen sich von einem Fremden gemeinsam fotografieren. Sie wanderten an der Fifth Avenue entlang und fütterten Enten im Central Park. Sie betrachteten die Freiheitsstatue von allen möglichen Seiten und Ellis IV (die sich tatsächlich jedes Mal als Ellis IV vorstellte – mit Faszination hatte Ellis beobachtet, dass ihre Mutter die IV sogar hinter ihren Namen setzte, als sie sich an der Rezeption für ihr Hotelzimmer eingetragen hatte) machte schließlich einen Vorschlag, den Ellis nicht abschlagen konnte. Obwohl das bedeutete, dass sie die letzte Sehenswürdigkeit mit ihrem Gepäck bestreiten würde müssen, denn die Zeit war knapp geworden, der Weg zum Flughafen lang und dieser lag zudem in der entgegen gesetzten Richtung.

Sie fuhren durch den Holland Tunnel und weiter über den Hudson River hinüber nach Jersey. Als das Taxi in den Liberty State Park fuhr, konnten sie die Freiheitsstatue von hinten bewundern, die einzige Ansicht, die sie noch nicht gehabt hatten.

Ellis Island fing an, zwischen den Bäumen hindurch zu schimmern, als der Wagen sich langsam weiter bewegte.

»Ellis Island«, sagte der Taxifahrer und Ellis IV nahm Ellis an der Hand und drückte sie einmal fest.

»Ellis«, sagte sie und ihre Tochter wandte den Kopf, »ich nehme an, du kennst unsere Geschichte.«

»Hast du mit Ellis gesprochen?«, fragte Ellis und Ellis IV schüttelte langsam den Kopf.

»Ich dachte bloß, dass dich die beiden alten Schachteln nicht ohne diese Geschichte nach Sankt Pölten gehen lassen würden, das ist alles.«

»Du bist ziemlich schlau«, sagte Ellis. Sie hielt ihre Mutter immer noch an der Hand.

»Du auch«, sagte Ellis IV, als der Wagen hielt.

Sie sahen sich gar nichts an außer den alten Docks und der Halle, die die erste Ellis, eigentlich Elisabeth Maria Swoboda, vor rund neunundneunzig Jahren und neun Monaten durchquert haben musste. Sie sahen die Treppe, die die Leute hoch geschickt worden waren, um ihre körperliche Ausdauer zu testen. Eines der Bücher, in dem die Immigranten ihre Namen eingetragen hatten, lag aufgeschlagen in einem Glaskasten und sie studierten die Namen und die Herkunftsorte der Menschen genauestens, mit zusammengesteckten Köpfen. Sie erfuhren, dass das Buch jeden Tag einmal umgeblättert wurde, jahraus, jahrein, jeden Tag eine neue Seite und wenn man das Ende erreicht hatte, kam das nächste Buch in den Glaskasten und wenn dort alle Seiten umgeblättert worden waren, das nächste und so weiter, bis man wieder mit dem Ersten anfing.

Das Taxi hatte draußen auf sie gewartet. Als die Insel hinter ihnen verschwand, drehte sich Ellis ein letztes Mal danach um. Sie sah lange aus der Rückscheibe, so lange, bis sie die Insel gar nicht mehr sehen konnte, auch nicht die Freiheitsstatue. So lange, bis beides hinter den Häusern von Jersey verschwunden war. Auf den Straßen herrschte die Geschäftigkeit einer großen Stadt. Ellis sah aus dem Fenster und eine plötzliche Wehmut packte sie, ohne, dass sie wusste, weshalb. Als sie sich zu ihrer Mutter drehte, blickte diese sie lange an, dann griff sie sich mit beiden Händen in den Nacken, öffnete den Verschluss einer Kette und zog sie aus ihrem Kragen. An der Kette baumelte der Heilige Hippolyt. Einige Sekunden lang schwang das Medaillon durch die Bewegung des Taxis zwischen den beiden Frauen hin und her wie ein eigentümliches Pendel, von dem nicht sicher war, für welche Seite es sich entscheiden wollte und sollte es das tun, was überhaupt damit entschieden wurde.

»Ich fand damals, jemand sollte es endlich tragen. Deshalb hab ich es genommen. Das ist alles.«

Ellis streckte ihrer Mutter die linke Handfläche entgegen und Ellis IV ließ die Kette darauf sinken.

»Das verstehe ich gut«, sagte Ellis schließlich nach einer Weile. »Wahrscheinlich hätte ich es genauso gemacht.«

Sie hielt das Medaillon zwischen Zeigefinger und Daumen und hob es vor ihre Augen. Die bunten Farben und das fleckige Metall schienen eine magische Aura zu haben.

Ellis reichte ihrer Mutter den Anhänger, hob die Haare im Nacken hoch und wandte ihr auffordernd den Rücken zu. Sie spürte, wie sich die feinen Glieder der Kette augenblicklich an ihre Haut schmiegten. Das Medaillon war noch warm von der Haut ihrer Mutter und einen Moment lang hatte sie das Gefühl, es wäre nicht warm, sondern heiß und würde an der Stelle, an der es zu liegen gekommen war, ein Loch in ihr Brustbein brennen.

»Ich weiß nicht, ob du es genau so gemacht hättest«, sagte ihre Mutter, als sie die Schließe im Nacken ihre Tochter zusammenführte, »wir sind uns nicht sehr ähnlich.«

Ellis setzte sich wieder normal hin, sie blickte zwischen den Vordersitzen durch die Windschutzscheibe auf die Straße. Ein Kind mit einem roten Schulrucksack lief den Gehsteig entlang wie es nur Kinder tun – ohne richtige Eile, einfach nur weil es schneller von A nach B wollte. Einfach nur, weil es Spaß machte. In seiner linken Hand hielt es einen Schokoriegel.

»Nein, sind wir nicht«, antwortete sie ihrer Mutter schließlich.

»Aber das macht nichts«, sagte Ellis IV.

»Nein«, antwortete Ellis, »das macht gar nichts.«

Ellis IV brachte ihre Tochter zum Flughafen, sie verabschiedeten sich mit einer langen Umarmung von einander.

»Hast du alles?«, fragte Ellis IV. Selbst im Trubel der Check-In Halle fühlten sich die beiden, als existiere nichts auf der Welt außer ihnen. Ellis IV nahm Ellis noch ein letztes Mal in den

Arm und als Ellis das Parfum ihrer Mutter wahrnahm, wurde ihr kurz übel.

»Jetzt hab ich alles, was ich brauche«, sagte Ellis V und zog das Medaillon aus dem Ausschnitt ihres T-Shirts. Sie lächelte. Die Übelkeit war so schnell verflogen, wie sie gekommen war.

»Melde dich, wenn du angekommen bist.«

»Mach ich.«

»Und grüß Paris von mir.«

Ellis' Lächeln wurde breiter, als sie nach ihrem Koffer griff.

»Und grüß mir Fritz.«

»Wird gemacht.«

Ellis V drehte sich um und ging auf die Passkontrolle zu. Sie reihte sich in der Schlange ein und drehte sich um. Ihre Mutter stand noch immer dort, wo sie sich voneinander getrennt hatten. Sie winkten sich ein letztes Mal zu und kurz dachte Ellis, sie hätte ein verräterisches Glitzern in den Augen ihrer Mutter gesehen. Dann war sie dran.

Als sie die Passkontrolle passiert hatte, war ihre Mutter verschwunden.

Es war ein turbulenter Flug und er dauerte länger als geplant. Ellis V saß in ihrem Sitz und hielt sich an den Armlehnen fest, als wollte sie sie ausreißen. Ihre Fingerknöchel traten weiß hervor und erst als die Maschine endlich am Charles-de-Gaulle Flughafen gelandet war, bemerkte sie, wie sehr ihre Hände von der andauernden Verkrampfung schmerzten. Sie konnte kaum ihre Tasche halten und fing noch im Flugzeug an, hysterisch über sich selbst zu lachen. Sie entschuldigte sich bei den umstehenden Passagieren, die ihr eigenartige Blicke zuwarfen, aber das Lachen ließ sich nicht einbremsen, immer wieder kicherte sie los.

Als sie in die Ankunftshalle trat, überfiel sie einen Moment lang der grauenhafte Verdacht, Fritz habe sie sitzen gelassen. Er war nirgends zu sehen und je länger sie in der anonymen

Menge nach seinem Gesicht suchte, desto großer wurde ihre Angst. Unwillkürlich steckte sie die Hand in die Tasche ihrer Sommerjacke und sie war überrascht, dass sich etwas darin befand. Sie brauchte einige Momente, um zu begreifen, dass es der Schlüssel war.

In dem Augenblick, in dem sich ihre Finger um das kalte Metall legten, hörte sie seine Stimme.

»Ellis!«, rief er und sie wandte suchend den Kopf nach der Richtung, aus der sie den Ruf vernommen hatte und da stand er, lachend, eine Hand zu einem Winken erhoben, in der anderen eine Rose und Ellis setzte sich in Bewegung. Er ließ ihr keine Zeit, ein Wort zu sagen, sondern verschloss ihren Mund mit einem Kuss.

»Ich dachte …«, begann sie atemlos, aber er unterbrach sie, »Geht es dir gut?«, fragte er und sie nickte, dann fing sie wieder an zu lachen, »Ja«, sagte sie, »jetzt geht es mir gut.«

Sie verbrachten drei Tage in Paris, drei Tage, die Ellis erkennen ließen, dass die Welt noch viel größer und wundersamer war, als sie es sich vorgestellt hatte. Die Welt war so groß und so schön, regelmäßig zerdrückte ihr diese Erkenntnis das Herz. Vielleicht war es auch Fritz, der die Welt so groß und so schön machte, vielleicht war es auch der Umstand, dass sie jedes Mal, wenn sie neben ihm aufwachte, ihr Glück nicht fassen konnte, ihn gefunden zu haben.

Sie bewegten sich von Paris an die Côte D'Azur und von dort weiter durch den Norden Italiens bis sie schließlich Triest erreichten. Es war eine Stadt, die einst zu Österreich gehört hatte, die Stadt, durch die die erste Ellis, Elisabeth, Europa für immer verlassen hatte.

Vier Tage später stieg Ellis an der Hand von Fritz in Sankt Pölten aus dem Zug, der von Wien gekommen war. Auf der letzten Etappe der Reise hatte sie eine eigenartige Ruhe überfallen. Am

Fenster war die niederösterreichische Landschaft vorbeigezogen, leicht gewellte Hügel, auf denen Getreide wuchs, durchbrochen von sattgrünen Waldteilen und Wiesen, hier und da kleine Ortschaften. An jedem Bahnhof, an dem der Zug hielt, drückte Ellis ihre Nase an der Fensterscheibe platt, um so viel wie möglich zu sehen. Das schönbrunnergelbe Bahnhofsgebäude von Rekawinkel ließ sie einen beeindruckten Pfiff ausstoßen. In Eichgraben-Altlengbach stand ein eigentümliches Gebäude, von dem sich nicht erraten ließ, was für einen Nutzen es haben könnte. Fritz meinte, darin befände sich eine Galerie und Ellis fing an zu betteln, ob man denn nicht aussteigen und sie von innen betrachten könnte aber gerade als Fritz anfing, weich zu werden, setzte sich der Zug wieder in Bewegung.

»Wir sehen es uns ein anderes Mal an«, versprach er, er griff nach ihrer Hand und drückte sie.

»Jetzt schau«, sagte er und legte einen Arm um ihre Schulter.

Ellis öffnete den Mund, um etwas zu sagen, aber dann schloss sie ihn wieder.

»Ist sie echt?«, fragte sie und die Verwunderung in ihrer Stimme ließ Fritz auflachen.

»Die Burg Neulengbach ist sehr echt«, antwortete er.

Ellis begriff. Europa, das war die Alte Welt. Wie konnte man mit erhobenem Haupt durch die Welt gehen, wenn es überall Zeugen dafür gab, dass alles der Veränderung unterlag und keine Macht für immer war?

»Das ist leicht«, antwortete Fritz, »Du siehst die Burg zum ersten Mal. Ich habe sie so oft gesehen, dass ich sie gar nicht mehr sehe. Gerade *weil* ich sie nicht mehr sehe, ist es so leicht.«

Der Zug nahm Geschwindigkeit auf für die letzte Etappe der Strecke.

Als er in Sankt Pölten in den Bahnhof einfuhr und Fritz und Ellis ihre Koffer aus dem Zug hoben, griff Ellis noch einmal in die Tasche ihrer Jacke und ihre Hand wand sich um den Schlüssel, ihr Daumen fuhr durch die Räute, ihr Mittelfinger streichelte den Bart. Sie spürte die leichte Berührung des Medaillons.

Ellis stand in einem Drogeriemarkt vor der Abteilung mit Hygieneartikeln, in ihren Händen hielt sie einen Einkaufskorb, der bis auf eine Zahnbürste leer war. Sie stand lange vor dem Regal, betrachtete bunte Verpackungen von Damenbinden und Tampons, beschriftet in dieser harsch klingenden Sprache und dachte nach. Sie stand dort so lange, dass sie einer der Kassiererinnen auffiel. Was in Ellis Kopf stattfand, war ein Selbstgespräch über Menstruationszyklen und ihre Beeinflussung durch Stress, Reisen und Klimaveränderungen, gepaart mit der zunächst ruhigen, später immer panischer durchgeführten Suche nach der Erinnerung an ihre letzte Periode. Wann hatte sie das letzte Mal Tampons gekauft? War es da wirklich noch Winter gewesen? Das kann doch nicht sein, dachte sie, und mit einem Mal wurde ihr eiskalt.

»Neinneinneinnein«, flüsterte sie, als sich Erkenntnis in ihre hastige Suche nach Erklärungen einschlich.

»Nein, das kann nicht sein«, flüsterte sie wieder. Sie erinnerte sich an den Biologieunterricht und an Schwangerschaftssymptome: unerklärliche Übelkeit (Ja, sagte eine kleine Stimme in ihrem Kopf), intensivere Geruchswahrnehmung (Ja), Ekel vor bestimmten Gerüchen oder Speisen (Ja), Heißhunger (Ja), intensive Gefühlsausbrüche (Oh ja, sagte die kleine Stimme ein letztes Mal, es klang beinahe besserwisserisch).

»Bitte nicht«, sagte Ellis, diesmal sprach sie es laut aus. Sie stand kurz davor, zu weinen.

Ellis warf einen letzten Blick auf die Schachteln mit den Tampons. Trotzig streckte sie ihre Hand danach aus und legte eine davon in den Einkaufskorb, eine Bewegung, die von der Kassiererin beobachtet wurde. Ellis' Blick fiel erneut auf das Regal. Über den Hygieneartikeln und unter den Kondomen lag das, was sie eigentlich brauchte, beinahe auf Augenhöhe.

Ellis streckte die Hand noch einmal aus und die Kassiererin wartete auf die folgende Bewegung. Als sie sah, wonach Ellis griff, wurde aus dem Argwohn der Angestellten mit einem Mal Mitleid. Ellis griff nach einem Schwangerschaftstest.

Ellis kam zurück in Fritz' Wohnung und stellte erleichtert fest, dass er noch nicht zu Hause war. Sie ließ ihre Tasche im Wohnzimmer zu Boden fallen, schmiss ihre Weste auf das Sofa, ging ins Schlafzimmer und holte das Wörterbuch, dann nahm sie die Einkaufstasche mit dem Logo des Drogeriemarktes. Sie kramte den Schwangerschaftstest hervor und schloss sich im Bad ein.

Mit Hilfe des Wörterbuchs versuchte sie die Anweisungen so weit wie möglich zu entziffern, aber das war gar nicht notwendig, denn als sie den Zettel umdrehte, fand sie eine bebilderte Gebrauchsanleitung. Sie schlug ein einziges Wort nach: pregnancy – Schwangerschaft und pregnant – schwanger.

Zu ihrem ungläubigen Entsetzen strahlten ihr noch vor Ablauf der Zeit zwei hellblaue Streifen im Sichtfenster des Testes entgegen.

Ellis saß lange wie erstarrt auf dem Badewannenrand, bevor Bewegung in sie kam. Sie stopfte den Test hastig zurück in die Schachtel, zusammen mit der Gebrauchsanweisung, nahm den Hausschlüssel und verließ die Wohnung im Laufschritt.

»Oje«, sagte die Kassiererin, als sie nach der kurzen Mittagspause wieder dieses Mädchen vor dem Regal mit den Hygieneartikeln stehen sah. Diesmal brauchte sie nicht so lange wie beim letzten Mal und sie hatte auch keinen Einkaufskorb mehr in der Hand. Sie zog drei von den Tests aus dem Regal, eilte durch das Geschäft und legte sie auf das Band. Die Kassiererin zog die identen Artikel rasch nacheinander über den Scanner. Es piepste drei Mal.

»Brauchen Sie ein Sackerl?«, fragte sie und blickte die junge, schwarzhaarige Frau mit den hellen Augen an.

»I don't speak German«, sagte Ellis und zuckte die Schultern. Ihre Stimme klang belegt.

Die Kassiererin seufzte, dann nahm sie wortlos einen der Gratissäcke und steckte die Schwangerschaftstests hinein. Sie überreichte Ellis das Wechselgeld und den Sack.

Ellis nickte.

»Good luck«, sagte die Kassiererin, als Ellis aus dem Geschäft ging.

Verzweiflung war nicht das richtige Wort für das Gefühl, das Ellis in dem kleinen Badezimmer ihres Freundes überfiel, als sie auf die vier Schwangerschaftstests blickte, die sie fein säuberlich auf dem Klodeckel neben einander gelegt hatte. Sie hielt eine geleerte Zwei-Liter Mineralwasserflasche in beiden Händen und starrte auf die acht blauen Streifen.

Das richtige Wort war Agonie.

Sie schlug die Augen auf, weil sie von etwas geweckt worden war – ein Geräusch, ein Schlüssel, der auf den kleinen Schrank im Vorraum geworfen wurde. Einen Moment lang fragte sie sich, warum sie im Bett lag, der Raum mit Vorhängen abgedunkelt, dann fiel es ihr wieder ein.

Sie rührte sich nicht einen Millimeter. Sie wartete.

Fritz warf die Schlüssel auf den kleinen Schrank im Vorzimmer und ging weiter ins Wohnzimmer. Ellis' Weste lag auf dem Sofa, ihre Handtasche stand daneben, sie war geöffnet und präsentierte ihren unordentlichen Frauenhandtascheninhalt, der ihn immer wieder faszinierte. Er wanderte weiter in die Küche. Auf dem Tisch lag etwas, von dem er im ersten Moment nicht genau wusste, was es war. Er hatte es schon einmal gesehen – aber wozu diente es noch gleich? Vier Stück davon lagen auf einem Zettel, auf dem in großen Buchstaben PROBLEM stand, ein Wort, das auf Englisch und auf Deutsch genau gleich geschrieben wurde. Es dauerte einige Sekunden, bis Fritz die eigentümlichen Gegenstände richtig zuordnete und es dauerte noch ein paar Sekunden länger, bis sein Gehirn die Verbindung mit dem Wort machte. Als der Groschen fiel, sog er überrascht Luft ein, ein Geräusch, vor dem ihm selbst gruselte.

»Ich habe keine Ahnung«, sagte Ellis und legte die Hände auf ihr Gesicht.

Er lag neben ihr auf der Seite, den Kopf auf seiner linken Hand abgestützt. Seine andere lag auf ihrem Bauch. Das Zimmer war immer noch abgedunkelt.

»Was genau ist eigentlich das Problem?«, flüsterte er, nachdem sie lange geschwiegen hatte.

»Was genau das Problem ist?«, sie nahm die Hände vom Gesicht und blickte ihn an. Aus ihrem Blick sprach Entgeisterung. Er sah, dass sie geweint hatte.

»Meinst du das ernst?«

Er zuckte die Schultern, dann robbte er näher an sie heran. Sie spürte die Wärme, die sein Körper ausstrahlte, sie spürte sein Becken an ihrem, seine warme Hand auf ihrem Bauch.

Er legte seinen Kopf an ihren und sein Atem kitzelte an Ellis' Ohr.

»Ich finde es gar nicht so schlimm«, flüsterte er. Dann fuhr er mit seiner freien Hand durch ihr schwarzes Haar.

»Wow«, sagte Ellis IV und diesmal klang sie sehr weit weg, so weit weg, wie sie tatsächlich war. Ganz schön viele Kilometer zwischen Sankt Pölten und New Orleans.

»Bist du glücklich?«

»Ich weiß es nicht«, antwortete Ellis und klemmte sich das Handy zwischen Ohr und Schulter. Sie griff erneut nach dem Nagellackfläschchen und schüttelte es, dann schraubte sie es auf. Ellis streifte ein wenig von der überschüssigen Farbe am Rand des Fläschchens ab. Fuchsia – eine Farbe wie ein Versprechen.

»Und Fritz?«

»Fritz ist sehr glücklich«, antwortete Ellis langsam und trug vorsichtig Farbe auf dem kleinen Nagel der vierten Zehe auf. Sie spürte die Bewegung des Medaillons auf ihrem Dekolletee.

»Ich bin bloß geschockt.«

»Ich finde nicht, dass du Grund dazu hast. Ein Kind ist eigentlich eine schöne Sache.«

Ellis antwortete nicht, sondern trug Farbe am nächsten Nagel auf. Keine der beiden dachte in diesem Augenblick daran, was Ellis IV mit Ellis V gemacht hatte.

»Ich bin schon auch glücklich, also irgendwie beides. Geschockt und glücklich. Falls so etwas überhaupt möglich ist«, sagte Ellis schließlich und tauchte den Pinsel wieder in das Fläschchen. Sie zögerte einen Moment, dann sprach sie ihren nächsten Gedanken laut aus: »Ich liebe es schon jetzt.«

»Schwangerschaftshormone sind die Erfindung schlechthin«, lautete die entfernte Antwort, gefolgt von einem Lachen.

Sie unterhielten sich noch eine Weile über das, was der Arzt gesagt hatte, dann darüber, wie Österreich war, während Ellis auf ihre neun Zehen blickte, die sie auf der Tischkante abgestützt hatte, um sie besser lackieren zu können. Zwei der Nägel waren noch ohne Farbe.

»Österreich ist vor allem alt«, sagte Ellis, »ich finde das genial.«

»Weil du selber eine alte Seele bist«, antwortete ihre Mutter, »Deshalb.«

»Du nicht«, sagte Ellis.

»Nein, ich nicht. Macht aber nichts.«

»Nein«, sagte Ellis, »Macht überhaupt nichts.«

Sie schwiegen eine Weile. Ellis zog den Pinsel wieder aus dem Fläschchen und lackierte den Zeh neben der großen Zehe.

»Hast du die Tür gefunden?«, fragte Ellis IV schließlich und Ellis konnte hören, wie die Zikaden im Garten ihres Großvaters zu ihrem Gezirpe ansetzten.

Ellis blickte aus dem Fenster und sah auf das Haus gegenüber. Es hatte eine blaue Fassade, die Stuckatur um die Fenster war weiß, kleine Verzwirbelungen, die sich als Blätter entpuppten, wenn man länger hinsah.

»Noch nicht«, antwortete Ellis langsam.

»Ich verstehe dich nicht«, sagte ihre Mutter, »die Zikaden sind zu laut.«

»Noch nicht!«, sagte Ellis lauter.

»Was noch nicht?«, hörte sie Fritz aus dem Wohnzimmer fragen.

»Nicht du!«, rief sie zurück und Fritz murmelte etwas Unverständliches.

Ellis IV sagte noch etwas, aber Ellis verstand es nicht, es war abgehakt, bruchstückhaft, Teile davon gingen auf dem Weg zwischen ihnen verloren, es hatte wie: »Me…nn…ür…ast«, geklungen, Ellis konnte beim besten Willen keinen Sinn herausfiltern. Sie wollte nachfragen, aber da war nur mehr ein Besetztzeichen in der Leitung zu hören. Sie drückte auf den roten Knopf ihres Handys, dann wählte sie noch einmal. Die computergenerierte Stimme einer Frau wies darauf hin, dass diese Nummer zurzeit nicht erreichbar war.

Ellis seufzte und legte das Handy mit einem Klappern auf den Tisch. Sie lackierte sich mit vorsichtigen Bewegungen den großen Zehennagel. Zufrieden betrachtete sie anschließend ihr Werk. Ein breites Lächeln teilte ihre Lippen, als sie mit ihren neun fuchsiafarben lackierten Zehen wackelte. Sie war tatsächlich glücklich, stellte sie fest. Es war eine Art von Glück, die sie noch niemals zuvor empfunden hatte. Es mutete unvergleichbar an. Beinahe zu viel.

Als sie das richtige Haus fand, fing es an zu regnen. Es war ein warmer Sommerregen, der in großen Tropfen auf dem Kopfsteinpflaster der Kremsergasse zerplatzte. Einen Moment lang schloss sie ihre Augen und lauschte den Geräuschen der Stadt:

Das Klappern von Absätzen, das sich beschleunigte, als der Regen anfing, das Rufen von Kindern, das peitschende Geräusch, als einem der Skateboardfahrer auf dem Rathausplatz ein Flip gelang.

Ellis öffnete ihre Augen wieder und blickte auf die hölzerne, niedrige Tür vor sich. Sie stand in einer Durchfahrt. Der Innenhof des Hauses war begrünt, aber er lud nicht unbedingt zum Verweilen ein. Regen setzte die Blätter der Pflanzen in den Töpfen in Bewegung, ein leichtes Auf- und Abschwingen. Sie griff in ihre Jackentasche und zog den Schlüssel hervor. Einen Moment lang hielt sie ihn einfach in der Hand, so als wolle sie sein Gewicht testen. So, als hätte ihn seine Reise durch die Zeit schwerer gemacht.

Ellis steckte den Schlüssel ohne Hast in das Schloss und drehte ihn mit einer Bewegung aus ihrem Handgelenk. Sie schloss die Augen, als sie das schwere Klicken vernahm. Sie dachte an hundert Jahre, die vergangen waren, an fünf Generationen, die hineingepasst hatten, an sechs, an unendlich viele. An eine Treppe von M.C. Escher.

Sie legte eine Hand auf ihren Bauch, öffnete die Augen wieder und legte die andere Hand auf die große, geschwungene Klinke. Die Tür schwang langsam auf.

Dahinter lag das unerklärliche Wissen. Ellis VI würde ein Junge werden.

# INHALT